# 뜨거운 유월의 바다와 중독자들

이장욱

# 뜨거운 유월의 바다와 중독자들

## 이장욱

소설

PIN

050

차례

PIN

050

# 뜨거운 유월의 바다와 중독자들

이장욱

# 0

그러니까…… 망망대해라는 건 무엇일까요.

몽상가에게는 세속을 떠난 낭만적 풍경일 것이고 어부에게는 고단한 생계의 공간이겠죠. 생물학자에게는 어류들의 서식지일 거예요. 어린 시절을 바닷가에서 보낸 사람에게는 고향의 이미지이겠지만 내륙에서만 살아온 누군가에게는 한 번도 가보지 못한 사진 속 풍경일지도. 세상은 그렇게 수많은 망망대해들로 이루어져 있습니다.

당신에게 망망대해란 무엇입니까. 스무 살의 어느 날 연인과 바라보던 수평선에 가까운가요. 가족들과 갔던 동해의 휴양지 풍경이 떠오르나요.

글쎄, 그런 걸 망망대해라고 할 수 있다면, 그렇다고 해두죠.

나에게 망망대해는…… 무겁게 밀려오는 파도의 세계입니다. 밀려와서 돌아가지 않는 물의 세계입니다. 물의 세계에 잠겨가는 사람의 표정입니다. 그게 무슨 말이냐고요? 무슨 말인지는 당신도 알고 있지 않나요? 이미 알고 있지 않나요 당신도? 우리는 지금 함께 망망대해를 건너가고 있잖아요.

# 1. 연

모수가 세상을 뜬 후 간소하게 장례식을 치렀다. 입원했던 병원의 장례식장에서 계약서를 쓰고 수의와 관을 골랐다. 쓸데없이 호화로운 수의나 관을 팔아먹는 업주들이 있다고 했다. 살아 있을 때 모수가 뉴스를 보고 한 말이었는데, 이제 모수가 죽은 뒤에 그 말을 떠올리고 있으니 묘하다는 생각이 들었다. 연은 중간 가격대의 수의와 관을 선택하고 조문객들에게 대접할 음식 세트를 골라 주문했다. 도우미도 불렀다.

형사가 와서 이것저것 질문을 했다. 중년의 형사는 혼자 앉아서 육개장에 밥을 말아 먹고 소주까지 마셨다. 저이는 외로운 사람처럼 술을 마시는구나. 연은 그렇게 생각했는데 형사는 실제로 외로운 사람이었다. 얼마 전 외지에 나가 있는 딸과 통화하면서 형사는 모진 말을 들었고 자신이 들은 것보다 더 모진 말을 되돌려주었다. 딸은 "그러니까 당신이 혼자인 거야."라고 말했고 그는 "니년도 엄마를 닮았구나."라고 대꾸했다. 딸은 말없이 전화를 끊었다. 이제 다시는 딸을 만나지 못하리라는 것을 형사는 직감으로 알았다. 화가 나지는 않았다. 죄책감이나 외로움도 느끼지 않았다. 형사는 그런 감정에 익숙하지 않았다.

대신 형사는 연에게 물었다. "남편분이 사망하던 날 어디 계셨다고 했죠?" "옆에 있었어요." "옆에서 뭘 하셨죠?" "바라보고 있었어요." "뭘를요?" "그 사람을요." "그 사람을. 죽어가는 사람을." "네. 죽어가는 사람을." "에크모가 돌아가고 있었고요." "네." "기계에는 손을 대지 않으셨다." "네." "그리고 잠이 들었다." "네." "깨어보니 사망해 있었다." "네." "약물은 정량으로 들어갔는데." "네."

연은 짧게 대답했다. 그걸 답변이라고 하는 건

가요? 하고 추궁할 것 같았는데 형사는 그냥 고개를 끄덕였다. 연도 뭘 더 말하지 않았다. 그걸 질문이라고 하는 건가요? 하고 반문하지도 않았다.

연에게 질문을 하면서 형사는 약간의 민망함을 느꼈지만 스스로 민망함이라는 단어를 떠올린 것은 아니었다. 그는 자기 말을 곱씹는 유형이 아니었고 자의식이 강한 사람도 아니었다. 형사로서 그것은 유용한 장점이었지만 그것이 장점인지 아닌지에 대해서도 그는 생각해본 적이 없었다.

연은 다른 조문객을 맞기 위해 자리에서 일어섰다. 자연스러운 동작이었고 형사도 그렇게 느꼈다. 형사는 그 후로도 자리를 뜨지 않고 소주를 마셨는데 그가 소주를 마시는 동안 잠깐씩이라도 그를 바라본 것은 연이 유일했다. 연에게 형사는 어딘지 상한 짐승처럼 보였지만 그건 사실이 아니었다. 형사는 아 이거 이상하게 피로 회복이 안 되네, 날씨가 뜨거워서 그런가, 나이 탓인가 하는 상념에 빠져 있었을 뿐이었다. 최근에는 섬에 이상하리만치 사건 사고가 많아졌고, 그 탓에 무리한 근무를 했기 때문이겠지. 형사는 그렇게 결론을 내렸다. 무도가 변했어. 내륙으로 다리가 놓인 탓인지도 모르지. 조만간 사라질지도 모르는 섬에 다리는 왜 놓은 건가. 시내가 가까워지고 도청이 가까워지고 병원이 가까워졌으니 좋지만 그러니 범죄율도 덩달아 높아지잖아. 형사는 앉은 채 눈을 감았고 연은 형사가 졸고 있다고 생각했다. 형사는 연 같은 사람이 정말 모수를 살해했는지 궁금했지만 한편으로는 궁금하지 않았다. 근래 들어 그런 사건들이 너무 흔했기 때문에.

장례식장은 한산했다. 그래도 간간이 조문객이 있었다. 모수는 말이 없고 혼자 있는 데 익숙한 사람이어서 친구가 없을 것 같았는데 꼭 그렇지는 않았던 모양이었다. 모수의 친구라는 사람들이 드문드문 왔다 갔다. 남자도 있고 여자도 있었다. 노인도 있고 청년도 있었다. 모수의 친구들은 나이나 성별이 참 다양하구나. 연은 그렇게 생각하다가 곧 고개를 끄덕이며 수긍했다. 모수는 성별이라든가 나이 같은 것에 무심한 사람이었으니까. 이것저것 캐묻지 않는데도 뭔가 자꾸 말하게 하는 사람이었으니까.

그런 생각을 하느라 연은 잠시 형사를 잊고 있었다. 아, 형사는 어디 갔지? 하고 떠올렸을 때는 이미 자리가 비어 있었다. 연은 형사가 사라진 자리를 물끄러미 바라보았다. 장례식장에 와서 그런 이상한 질문을 하다니 심하다⋯⋯라고는 생각하지 않았다. 장례식장에는 장례식장의 일이 있고 형사에게는 형사의 일이 있으니까. 형사는 형사의 업무를 본 것뿐이니까. 연은 매사에 그런 식으로 생각했고 자신의 그런 사고방식이 마음에 들었다. 그런 사고방식이 정신 건강에 도움이 되었지만 연이 거기까지 생각한 것은 아니었다.

　연은 서점에서 일한 적이 있고 다독가였는데 지금은 책을 읽지 않았다. 소설도 읽지 않았다. 한때는 추리물에 빠져서 에르퀼 푸아로나 미스 마플, 브라운 신부의 팬을 자처하기도 했다. 하지만 삶은 추리할 것이 아무것도 없는 사막이라고 연은 결론을 내렸다. 가령 저기 저 자리에서 혼자 소주를 마시던 형사는 너무 전형적이잖아. 전형적인 질문만을 던지잖아. 저이에 대해서는 추리할 것이 아무것도 없다. 연은 그런 생각을 하고는 혼자 웃었다.

추모관에 유골을 안치하고 돌아온 후 연은 삐걱거리는 철제 계단을 밟고 옥상에 올라갔다. 올라가서 담배를 피웠다. 해변여관의 옥상에서는 수평선과 방파제와 테트라포드와 녹슨 폐건물과 방치된 크레인이 보였다. 사람은 보이지 않았다. 저녁의 바다는 무겁게 느껴졌다. 움직임이 없었다. 연은 담배를 물고 멍하니 선 채 먼바다를 바라보았다.

"물빛이 어둡네. 어둡다. 모수 씨가 살아 있을 때와는 달라요. 아주 달라. 그냥 느낌일 뿐일까. 느낌일 뿐이겠지. 하지만 당연하다. 모수 씨가 죽었으니까." 연은 그렇게 생각했는데 실은 생각을 한 게 아니라 중얼거린 것이었다. 생각을 하는데 자기도 모르게 중얼거리는 것은 연의 오래된 습관이었다. 아무도 고치라고 한 적이 없고 고칠 생각도 없었는데, 그건 자신이 그렇다는 것을 의식하지 못했기 때문이었다. 모수만이 연의 버릇을 알았지만 모수는 모수답게 연에게 아무 말도 하지 않았고 모수는 이제 없다.

유월의 해변은 아직 유월의 해변일 뿐이었는데도 숨을 쉬기 힘들었다. 뜨거운 공기가 폐로 스며들었다. 무거운 바람이 불었다. 여름과 여름과 여름의 끝에 잠깐씩 겨울이 오는 느낌이었다. 바닷물은 방파제를 넘어 해안 도로로 조금씩 밀려들었다가 오후가 되면 다시 바다로 돌아갔다. 해 질 녘에는 검은 물과 흐릿한 하늘과 사물의 윤곽만 보였다. 이 풍경을 바라보는 것도 이제 얼마 남지 않았구나. 연은 생각했다.

"연간 잠식일이 조금씩 늘어나고 있다는군. 연은 갈 곳을 찾아야 해요."

모수는 해변여관 옥상에 서서 그런 말을 했다. 연도 알고 있었지만 모수가 그렇게 말해서 서운했다. '우리는 갈 곳을 찾아야 해요.'라고 하지 않고 '연은 갈 곳을 찾아야 해요.'라고 말했기 때문이었다.

"이사를 가면 되죠."

연은 가능한 한 심드렁하게 대답했고 모수는 고개를 끄덕였는데 그러고 나면 또 말이 없었다.

해변여관은 철수 명령을 받았다. 3년 기한이었다. 그 기한이 지나면 국가 보조금이 없다고 했다. 국가 보조금이 없으면 어디 공간을 마련해서 이사를 갈 수가 없다. 그래도 아직 1년 정도 여유가 있으므로 천천히 움직이면 되지 않을까. 모수의 유령이 있으니 괜찮아. 괜찮지. 괜찮고말고. 연은 생각했다. 파도가 밀려들고 해안선이 바뀌고 태풍이 다가오고 심지어 다시 국지전이 시작되어도 좋다는 생각이 들었는데, 국지전이라니 너무하잖아, 하고 생각했다가 아무래도 상관없다는 생각이 뒤따라 들었다. 아무래도 상관없다고 생각하니 편안한 기분이 되었는데 무책임한 기분이란 언제나 이렇게 안온한 것인가. 연은 자신도 모르게 미소를 지었다.

연의 곁에 모수는 없고 모수의 유령은 있었다. 유령은 유령이어서 반응이 없고 그래서 심심하기는 했다. 연은 가급적 시시한 생각을 하면서 해변여관의 옥상에 서 있었다. 담뱃재가 공기 중에 떠올라 잠시 머물러 있었고, 해변여관 옥상은 그런 모습을 물끄러미 바라보기에 좋은 곳이었다.

모수가 세상을 뜬 후 연은 방 안의 가구처럼 시간을 보냈다. 여관은 방치했다. 관리도 하지 않고 청소도 하지 않고 아무것도 하지 않았다. 침대나 소파처럼 그냥 있었다. 그래도 에어컨은 켜두었는데, 모수가 에어컨을 켜지 않고 여름을 보냈다는 게 떠올라 약이 올랐다. 연은 그렇게 할 수 없었다. 실은 모수 외에는 아무도 그렇게 할 수 없었다. "지나가겠지. 여름도. 뜨거운 태풍도. 여기 뭐가 있다고." 연은 모수가 하던 말을 생각했지만 실은 생각한 것이 아니라 중얼거린 것이었다. "여기 뭐가 있다고." 연은 다시 중얼거렸다.

모수가 세상을 뜨고 일주일이 지나자 연은 가구처럼 지내기를 멈추었다. 주섬주섬 옷을 차려입고 외출을 했다. 그늘에 두었는데도 뜨겁게 달구어진 차를 몰고 구청에 가서 정식으로 사망신고를 했다. 신고는 서류 몇 장이면 되었다. 은행에 가 모수의 예금들을 정리했다. 액수가 얼마 되지 않았는데 그게 우스웠다.

모수 이름으로 고지서를 보내오던 곳에 일일이 전화해서 우편물을 보내지 말아 달라고 요청했다. 사망했습니다, 하고 이유를 짧게 설명했다. 사망을 증명할 서류와 가족관계증명서와 뭐 그런 것들을 메일이나 메신저로 보내라고 해서 또 그렇게 했다. 각종 증명서와 사망신고서와 이런저런 서류, 파일 같은 것들을 여럿 복사해두고는 차근차근 사용했다.

그다음 일주일은 분리수거를 하고 빨래를 하고 여관 청소도 했다. 여관 주인으로서 여관의 관리를 시작한 것이었다. 모수가 하던 일들이지만 이제 모수가 없으니 연이 해야 했다. 대체 모수는 어디로 간 거야. 여관 청소를 하면서 그런 생각을 하다가 공기가 새는 인형처럼 주저앉아 그대로 있었다.

그래도 그다음 일주일은 더 정상적인 생활을 했다. 옥상에 올라가 담배를 피우고 어구를 정리한 후 내려와 빈방들을 돌며 룸 컨디션을 하나하나 체크했다. 손님을 받아도 좋을 것 같았다. 실제로 커플 손님 한 쌍이 들어서 하루를 자고 가기도 했다. 커플 손님은 다음 날 실망한 표정으로 여관을 떠났는데 따로 불평을 하지는 않았다. 해변은 황량했고 여행객도 없었으며 주위에 식당이라고는 해물칼국숫집 하나뿐이었다. 이런 날씨에 이렇게 뜨거운 음식을 팔면 어떡하느냐고 따지는 사람은 없었는데 왜냐하면 그럴 손님조차 들지 않았기 때문이었다.

해변여관에도 손님이 없었는데 그래도 201호실에 한 명이 있기는 했다. 키가 크고 호리호리한 몸에 늘 검은색 볼캡을 쓰고 있는 남자로 장기 투숙객이었다.

"천이라고 합니다."

"천이요?"

"네, 천입니다."

"천이시라고요."

"네, 천."

성이 천이라는 건지 이름이 천이라는 건지 물어보려다가 묻지 않았다. 성이 천이어도 좋을 것 같았고 이름이 천이어도 좋을 것 같았고 실은 아무래도 좋았기 때문이었다. 예전에는 여행객이 오면 먼저 숙박부를 작성하고 주민등록증을 확인했는데 그걸 하지 않은 지가 꽤 되었다. 숙박비를 선금으로 받고 수건과 세면도구 등속을 건네고 그 이후로는 투숙객들에게 신경 쓰지 않았다.

천이라는 손님은 담배 피우는 모습이 보기 좋은 사람이었다. 아마도 키가 크고 몸이 호리호리하고 팔다리가 길어서 그런 것 같았다. 해변여관은 어째서 이런 곳에 여관이 있는지 어리둥절할 만한 곳에 위치해 있었으므로 단체 관광객들은 오지 않았다. 간간이 드는 손님들은 모두 사연 있는 사람이거나 쫓기는 사람이거나 사람이 없는 곳을 찾아다니는 사람으로 보였다. 말수가 적지만 한번 말을 시작하면 하염없을 사람들이기도 했는데, 모수는 그네들의 말을 잘 들어주었고 남녀노소 잘 들어주었고 연은 잘 들어주지 않았다.

연은 옥상에 자주 올라가 담배를 피웠다. 천도 옥상에 자주 올라가 담배를 피웠다. 담배를 피우면서 둘 다 말이 없었다. 모수의 유령도 옆에 서서 말이 없었다. 바람이 희미한데도 옥상에 서 있는 일은 만만치 않았다. 희미하고 뜨거운 바람이라도 불어오니 좋다고 천은 생각했고 연은 아니었다. 멀리서 다가오는 태풍의 기운을 천은 느끼지 못했고 연은 느끼고 있었다.

옆에 객실 손님이 서 있는데도 편안하다는 것이 연에게는 이상하게 느껴졌다. 연은 옥상 난간에 팔을 괴고 서서 오른쪽 발과 왼쪽 발을 교차시킨 채 담배를 피웠는데, 천도 옥상 난간에 팔을 괴고 서서 오른발과 왼발을 교차시킨 채 담배를 피웠다. 둘의 자세가 비슷하다는 것을 연은 알아채지 못했고 천은 알았다. 유월이지만 이미 뜨거운 여름이었고 여름인데도 여관은 비수기였다. 성수기가 사라진 지는 꽤 되었다. 해변은 텅 비어 있고 사람들은 해변여관을 찾지 않았다.

## 2. 천

기상 캐스터는 남동쪽 바다에서 태풍이 올라오는 중이라고 했다. 태풍은 내륙에 상륙하지 못하고 소멸하겠지만 어느 정도 영향을 미칠 거라고 했다. 입사한 지 얼마 안 된 기상 캐스터는 그 순간 자신이 발음하는 문장에 사로잡혀 있었다. 발음을 정확하게 해야 한다는 생각 때문에 등에 땀이 맺혔으나 반복적인 훈련 덕에 표정은 부드럽게 유지할 수 있었다.

천은 텔레비전을 물끄러미 바라보았다. 저 사람은 지금 자기가 하는 말의 내용보다 말을 하고 있다는 사실 자체에 사로잡혀 있구나. 그건 확실히 사로잡히는 것이고 사로잡히면 자신이 무슨 말을 하는지 이해할 수 없게 된다. 그렇다는 것을 천은 알고 있었다. 본능적으로 알고 있었다. 기상 캐스터의 표정을 흉내 내 입을 벙긋거려보았다. 기상 캐스터를 따라 부드러운 미소를 짓는 순간, 천의 등에 땀이 맺혔다.

천이 뉴스를 듣는 동안 창틀은 우우우 그그그 소리를 내며 울었다. 오늘 밤이 지나면 조용해질까. 조용해지면 기온이 좀 내려갈까. 요즘의 태풍은 옛날의 태풍이 아니라던데. 뜨거운 태풍이라던데. 바람이 부는데도 바다가 뜨겁다니, 알 수 없는 일이지. 알 수 없는 일이다. 천은 알 수 없는 일이라는 생각을 자주 했는데 실제로 그의 주위에서는 알 수 없는 일들이 자꾸 일어나고 있었다.

천은 해변여관 201호실의 침대에 바른 자세로 앉아 텔레비전을 보고 있었다. 무릎은 90도 각도로 접혀 있고 가볍게 말아 쥔 두 손은 무릎에 올려두고 있었다. 혼자 있는 방에서 그렇게 바른 자세를 한다는 것이 아무래도 이상해 보였지만 천은 그것을 자각하지 못했다.

천은 한나에 대해 생각하고 있었다. 한나는 천의 연인이었고 동거인이었는데 지금은 아니다. 한나는 눈빛이 선명하고 인중이 도드라지게 파인 사람으로 전직 아나운서였다. 아나운서를 그만둔 후 천과 2년 반을 함께 살다 떠났으므로 지금은 천의 곁에 없다. 천을 떠난 것은 한나 자신의 결정이었는데 한나의 결정이었지만 한나의 의지라고는 할 수 없었다. 의지가 아니라 그냥 그렇게 된 것뿐이라고 한나는 설명했다. "복잡하지는 않아. 그냥 그렇게 된 거야." 한나는 짧게 결론을 내렸다.

　한나에게는 복잡한 것을 단순하게 생각하는 힘이 있었다. 천은 그런 재능을 부러워했고 자신도 그런 것을 닮고 싶다고 생각했고 실제로 조금씩 닮아갔다. 천은 한나를 따라 복잡한 것을 단순하게 생각하기 시작했는데 단순하다고 생각한 것이 정말 단순한 것으로 느껴지자 천은 자신의 선택이 옳았음을 알았다. 복잡한 이유라든가 다양한 가능성을 모두 생각할 필요는 없다. 그러니 눈에 보이는 방향으로 단순하게 나아가면 된다. 천은 매사에 그렇게 생각하려고 노력했고 조금씩 그렇게 되어가고 있다는 것을 알았다.

한나가 떠난 후 천은 한나가 없는 복층 오피스텔에서 혼자 지냈다. 혼자 지내는 일이 어렵지는 않았지만 자신이 조금씩 집 안의 가구가 되어가는 느낌이 들자 문득 차를 몰고 집을 떠났다. 복잡하게 생각하지는 않았다. 혼자 있으니까. 한나가 없으니까. 이 집은 한나의 집이니까. 나는 더 이상 이 집의 거주자가 아니니까.

단순하게 생각하자 집을 떠나는 것이 자연스럽게 느껴졌다. 천은 중형 SUV를 몰고 해안 도로를 달렸다. 그렇게 달리다 무도로 들어갔다. 무도로 들어가 다시 해안 도로를 달렸는데 해안 도로를 달리는데도 낭만적인 기분은 전혀 들지 않았다. 해안은 황량했고 바다는 멍든 것처럼 검푸르게 보였다. 차창을 내리면 뜨거운 공기가 쇳물처럼 쏟아져 들어왔다.

천이 해변여관에 처음 투숙했을 때는 모수가 세상을 뜨기 전이었는데 천은 그것을 알지 못했다. 천의 SUV가 해변여관의 주차장에 서서히 멈추어 섰을 때 모수는 호스피스 병동에 입원해 있었고 천은 그것을 알지 못했다. 연은 모수에게 여관에 손님이 있다고 말했고 천에게는 여관 주인이 병원에 있다고 말했다. 모수에게는 손님 이름이 천이라고 말했고 천에게는 여관 주인 이름이 모수라고 말했다. 모수와 천은 서로의 이름을 처음 들어보았으므로 서로를 한 번도 본 적이 없다고 생각했는데 그것은 사실이 아니었다. 그들은 서로를 의식하지 못한 채 서로를 본 적이 있는데 그것도 두 번씩이나.

첫 번째는 10여 년 전 겨울, 크리스마스였다. 그들은 각자 시내를 걷다가 맞은편에서 다가오는 사람과 눈이 마주쳤다. 그들이 서로를 스쳐 가는 순간 허공에서 눈송이 몇 개가 곡선을 그리며 떨어졌고 두 사람은 거의 동시에 눈송이 쪽으로 시선을 돌렸다. 최근 수년 동안 눈이 내린 적이 없었기 때문에 천과 모수는 자신도 모르게 허공을 향해 손을 뻗었다. 그들은 크리스마스의 거리에서 서로를 바라본 적이 있고 허공을 향해 동시에 손을 뻗은 적이 있지만 그 사실을 알지 못했는데, 그런 것이 삶이라는 것을 두 사람은 어렴풋하게 이해하고 있었다.

두 번째는 텔레비전을 통해서였다. 천은 화면 속에 있었으므로 모수가 자신을 바라보고 있다는 것을 알지 못했다. 모수는 텔레비전에 나온 천을 바라보고 있었지만 그것이 천이라고 의식하지는 않았다. 그때 천은 무명의 연극배우로 아르바이트 삼아 이런저런 일을 하다가 한 시사 프로그램에 재연 배우로 출연하게 되었다. 마침 그날 방송에서는 세간의 이목을 집중시킨 살인 사건 미스터리를 다루고 있었고 천은 살인자를 연기하고 있었다. 호스피스 병동에서 에크모의 전원을 끄거나 산소호흡기를 떼거나 약물을 주입하는 방식으로 연쇄살인을 저지른 사람의 이야기였다. 범인은 동의를 얻어 안락사를 시행했을 뿐이라고 주장했지만, 그 자신이 향정신성의약품을 스스로에게 처방해서 투약하고 있다는 사실이 밝혀진 뒤에는 모든 것이 뒤집혔다. 그는 그 병원의 원장이었다.

모수는 골똘하게 화면을 바라보았다. 저 배우는 처음 보는 사람인데 팔과 다리가 길어서인가 참으로 인상적인 윤곽을 가졌구나. 모수는 그렇게 생각했고 그런 생각을 했다는 사실을 곧 잊었다. 그로부터 오랜 시간이 지나 팔과 다리가 긴 배우는 해변여관에 묵게 되었고 모수는 해변여관에 없었다. 천이 여관에 묵는 중에 모수가 병원에서 사망했기 때문이다. 해변여관에 스며 있는 스산함이랄까 슬픔이랄까 그런 것을 느끼기는 했다. 여관 옥상에 올라가 담배를 피우면서 검고 막막한 밤바다에서 밀려오는 이상한 공허감을 느끼고는 이상하다 이건 너무 낯익은 감정이 아닌가 하는 생각을 하기는 했다. 천은 자신이 연기했던 배역들의 무수한 감정을 몸으로 이해하고 있었다. 그래서 밤바다의 어둠에 깃든 마음들이 천에게도 스며든 것이었지만 그는 단지 아 이런 감정은 어딘지 낯익은데……라고 생각했을 뿐이었다.

천의 방은 201호실이었다. 밤이 되자 파도 소리와 바람 소리가 들려왔다. 창문을 닫고 커튼을 쳐도 파도 소리와 바람 소리가 잦아들지 않았다. 우우우 그그그 소리가 그치지 않았다. 바람이 심해서가 아니라 창문과 창틀이 부실해서인 것 같다. 201호실은 오션 뷰라고 했는데 창밖으로 보이는 바다는 바다 같지 않았다. 방치된 하천이나 하수처리장 같았다. 해안가의 바위와 방파제와 방파제 근처의 폐건물과 멀리 수평선 쪽으로 솟아 있는 크레인 때문만은 아니었다. 밤의 바다는 검고 검어서 보이지 않았는데 보이지 않는 바다에서도 파도는 밀려오고 바람은 불어오고 해변여관의 창문은 흔들렸다.

천은 소음 때문에 잠을 설쳤다. 소리에 사로잡힌 사람처럼 그것에서 벗어나지 못했다. 그럴 때마다 천은 자신이 강박증 환자 같다고 생각했는데 실제로 천은 무엇에든 잘 사로잡혔고 그렇기 때문에 한나와 함께 살았는지도 모른다.

"당신은 무엇에든 잘 사로잡히는 사람이라서 나와 함께 사는 게 아닐까." 한나가 이렇게 물었을 때 천은 고개를 살짝 기울이며 대답했다. "글쎄, 그런가." 천이 그렇게 흐릿하게 대답을 하면 한나는 천의 볼을 만지며 장난스럽게 덧붙이곤 했다. "그래, 그런 건 중요하지 않지. 그렇죠, 배우 님?"

해변여관 201호실에 앉아서 천은 노트북을 펴고 메일을 썼다. 한나에게 썼다. 하지만 저장만 해놓고 보내지 않을 것이라는 것을 스스로 알고 있었는데 왜냐하면 진짜 메일이 아니었기 때문에. 메일의 문장은 앞으로 천이 스스로 연기할 모노드라마 대본의 일부였다. 천은 그것을 쓰고 읽고 수정하고 소리 내어 읽고 다시 썼다.

이봐, 이봐요, 저 소리를 들어봐. 바람 소리, 파도 소리. 방은 좁아. 어둡지. LED 등인데도 빛이 희미하네. 희미하다. 밤마다 창틀이 흔들리는 소리가 들려. 나는 자주 그 소리에 사로잡혀요. 말 그대로 사로잡히는 거야. 포박당한 사람처럼. 영영 움직이지 못할 사람처럼.

대본의 초고이므로 천은 가벼운 마음으로 써 내려가고 싶었지만 아무래도 가벼운 마음이 되지는 않았다. 한나가 읽으리라고 생각해야만 한 문장 한 문장을 이어갈 수 있었다. 한나는 읽지 않을 것이고 읽을 수 없을 것이지만 그렇게 생각하지 않으면 한 문장도 덧붙일 수 없었다.

들어봐요. 저 거대한 소리는 아무것도 의미하지 않잖아. 그것이 나를 두렵게 해. 아무것도 의미하지 않는 것들과는 싸울 수 없다. 아무것도 의미하지 않는 것들을 향해 소리를 지를 수는 없다. 항의할 수도 없고 저항할 수도 없고 미워할 수도 없지. 아무것도 의미하지 않는다는 바로 그 이유로.

천은 자신이 쓴 것을 아나운서처럼 소리 내어 낭독하기도 했고 한나의 유령이 된 듯 묵독을 하기도 했다. 모노드라마 배우가 되어 읽어보기도 했는데 그 와중에도 창틀은 우우우 그그그, 소리를 냈다. 뜨거운 태풍이라니. 그런 것이 가능한가. 천은 중얼거렸다.

오늘은 창문과 창문이 맞물리는 곳에 골판지 조각을 끼웠어. 소리를 막아보려고 해요. 바람 소리와 파도 소리를 막아보려고 해요. 내 영혼을 뒤흔드는 태풍이라니. 골판지 조각으로 그것을 막을 수 있나.

천은 낮에 여관 1층에 쌓여 있던 종이 박스를 가져와 세분했다. 세분한 골판지 조각을 창문과 창틀 사이에 꼼꼼하게 끼웠다. 종이는 두껍고 창문과 창틀이 맞물리는 곳에서 완충 작용을 했다. 소음은 조금 잦아들었지만 시간이 지나면 다시 똑같은 소리가 시작되었다. 우우우 그그그, 유리창은 창틀과 부딪히며 울기 시작했다.

바람은 서서히 다가오는 적의 군대 같아요. 방 안은 포위당한 식민지 같아. 나는 식민지의 신민. 뜨거운 태풍의 노예. 이 모든 것은 비유가 아니다. 그냥 단순한 사실이랄까. 그런데 어째서 나는 당신의 죽음을 보아야 했을까. 발견해야 했을까. 확인해야 했을까. 아주 단순한 사실로서 그것을.

천은 연극을 하듯이 자신이 쓴 글을 읽었다. 무대 위인 듯이 대본을 읽었다. 묵독을 하다 소리 내어 읽기도 했다. 식민지의 신민처럼 몸을 웅크리고 읽었다. 그럴 때 누가 천을 보았다면 저 배우는 혼자 있는데도 연기를 하는구나, 하고 생각했을 것이다.


한나는 천의 친구였고 연인이었으며 동거인이었는데 지금은 아니다. 천은 한나의 방이 아니라 해변여관 2층에서 지내고 있었다. 오래되고 낡은 3층짜리 건물의 2층으로, 리모델링을 하려고 했지만 당국의 인가를 받지 못했다고 했다. 해변여관뿐 아니라 해변의 모든 건물들이 몇 년 안에 순차

적으로 철거될 예정이었다.

　건물 오른쪽에 있는 철제 계단은 녹이 슬어 있었다. 건물 안이 아니라 외벽에 붙어 층과 층을 잇는 형태였는데 언제 무너져도 이상하지 않을 만큼 낡아 있었고 발을 디딜 때마다 삐걱거리는 소리를 냈다.

　2층에서 계단 하나를 올라가면 3층이고 거기서 또 계단 하나를 올라가면 옥상이었다. 계단의 삐걱거리는 소리는 파도 소리와 바람 소리에 묻혀 금방 사라지기도 했고 파도 소리도 바람 소리도 없는 날에는 먼 곳까지 흩어지기도 했다. 옥상에는 물탱크가 있고 낚싯대와 그물과 이런저런 어구들이 널려 있었다. 천은 그 어구들의 이름을 하나하나 알고 싶었지만 연에게 묻지는 않았다.

　옥상은 옹색한 공간이었고 담배를 피우기에 좋았다. 낮에는 서 있기가 힘들었다. 온도를 낮추기 위해 스프링클러가 설치돼 있었지만 고장 난 지 오래였다. 낮에는 머리 위에서 태양 빛이 쏟아졌고 옥상 바닥에서 뜨거운 공기가 올라왔다. 밤에는 해변에 아무것도 보이지 않았는데 그래도 천은

자주 그곳에 올라갔다. 천은 팔다리가 길고 호리
호리해 보였지만 보기보다는 제법 몸무게가 나갔
다. 한나가 떠난 후 몸무게가 더 늘어 계단이 무너
지지 않을까 걱정이 되었다.

"저 계단, 무너지지 않을까요."

천의 말을 듣고 연은 웃었다. 담배를 피워 문 채
말이 없었다. 한참 시간이 지난 뒤에 연은 무심한
어조로 덧붙였다.

"보기보다 강해요. 바닷바람에 단련이 돼서 괜
찮지 않을까 싶어요. 물에 잠길 때까지는."

연은 그렇게 말해놓고 자신의 말이 맞는지 의심
했다. 바닷바람에 단련이 된다는 게 가능한가……
모수도 바닷바람에 단련된 사람이었는데…… 연
은 생각했다.

옥상에서 담배를 피우는 것은 주로 연이었지만
천도 자주 올라와 담배를 피웠다. 저 사람은 한나
와 참 닮았구나. 천은 생각했는데 어디가 닮았는
지 콕 집어 말하기는 어려웠다. 단발이고 얼굴선
이 부드럽고 인중이 선명하기 때문만은 아닐 것이
다. 세상에는 닮은 사람이 많고 그러니까 닮았다

는 것은 특별한 일이 아니라고 천은 생각했다.

연이 얼마 전에 남편을 잃었다는 것은 천도 알고 있었다. 천은 여관 옆의 해물칼국숫집 주인에게서 그 말을 들었다.

"아, 모수라고 좀 묘한 양반이 여관 주인이었는데 얼마 전에 세상을 떴다니까."

해물칼국숫집의 늙은 남자가 느리게 말을 해주었다. 늙은 남자는 모수라는 사람이 뭐가 묘한지는 말하지 않았고 천도 묻지 않았는데 묘한 사람도 어쨌든 죽음을 맞을 때는 그리 묘하지 않을 것이라고 천은 생각했다.

"말 없고 성실한 사람이었는데 안됐지. 하지만 안된 사람이 너무 많아져서 안됐다는 것도 의미 없는 말이 돼버렸어요."

안된 사람이 많다고 해서 안됐다는 게 의미 없는 말이 돼버릴 수도 있나요. 죽는 사람이 많다고 해서 죽음이 의미 없는 말이 돼버릴 수도 있나요. 말 없고 성실하다는 것은 별로 묘하지 않은데 모수라는 사람을 왜 묘한 양반이라고 하나요…… 천은 그렇게 반문하지는 않았다. 늙은 남자도 더 말을 잇지 않고 입을 닫았다.

해물칼국숫집의 늙은 남자는 말 없고 성실한데 도 죽거나 죽어가는 사람이 참 많다는 생각을 하고 있었다. 죽는다는 것은 말이 없다거나 성실하다거나 하는 것과는 크게 관계가 없는 일이라는 생각을 하고 있었다. 게다가 곧 퇴거를 해야 하고 갈 곳은 딱히 없고 유월인데 벌써 40도를 오르내리고 조만간 다시 전쟁이 날 확률이 높았으므로 남 걱정을 할 때가 아니라는 생각을 하고 있었다.

늙은 남자는 주방 일을 봐주는 아주머니를 마음에 품고 있었다. 남자는 혼자 산 지 오래되었으므로 곧 고백을 할 예정이었다. 인생이 얼마 남지 않았지만 같이 살지 않겠느냐고 제안을 할 예정이었다. 하지만 어쩐지 거절을 당할 것 같아서 말을 못 꺼내고 있었다. 주방 안쪽을 힐끔힐끔 바라보면서 그는 "말 없고 성실한 사람이었는데 안됐지."라고 이미 한 말을 반복했다.

천은 모수라는 사람에게 친근감을 느꼈다. 모수라는 사람을 모르고 이름도 처음 들었을 뿐인데 왠지 오래 알던 사람 같은 느낌이 들었다. 모르는 사람이 오래 알던 사람처럼 느껴질 때가 있다는 것을 천은 알고 있었다. 인지 착오에 불과한 현상. 하지만 천은 그런 것이 느껴지는 순간을 좋아했고 그래서 연극을 하는 것인지도 모른다고 생각해왔다. 실은 한나도 그런 느낌 때문에 만난 것이었다. 처음 만났을 때 천은 자신을 인터뷰하던 리포터 한나에게 불쑥 이렇게 물었다. 막 인터뷰를 마친 참이었다.

"우리 어디서 만난 것 같지 않아요?"

한나는 마이크 전원을 끄고 천을 물끄러미 바라보다가 대꾸했다.

"지금 작업 거는 거예요? 멘트가 너무 상투적인데?"

한나는 웃었고 천도 한나를 따라서 웃었다. 천은 연극배우처럼 웃었고 실제로 천은 연극배우였다. '우리 어디서 만난 것 같지 않아요?'는 그때 천이 연기하던 인물의 대사였는데 그렇다는 것을 한나는 알지 못했고 실은 천 자신도 인지하지 못했다.

해변여관에는 천이 유일한 투숙객이었다. 옆방에 묵었던 젊은 커플은 투숙한 다음 날 여관을 떠났다. "그분들, 실망한 표정이더라고요." 하고 말할 때 연의 입에서 담배 연기가 흘러나왔다. 연은 무심한 표정이었고 천도 무심한 표정이었다. 아마도 창문이 우우우 그그그 흔들렸기 때문일 거라고 천은 말하려 했다. 창문이 우우우 그그그 흔들리는 소리가 잠을 방해해서 숙소를 옮겼을 거라고 말하려 했다. 하지만 결국 말하지 않았는데 연이 "창문이 너무 흔들려서 그런가." 하고 중얼거렸기 때문이었다.

하지만 젊은 커플이 그런 이유로 떠난 것은 아니었다. 젊은 커플은 오히려 파도 소리와 바람 소리 그리고 창문 흔들리는 소리가 좋았다. 그런 소리를 들으려고 해변에 온 것이라는 데 두 사람은 의견이 일치했다. 이것은 충분히 낭만적인 바다의 소리다. 그들은 그렇게 결론을 내렸다. 그들이 해변여관을 떠난 것에는 다른 이유가 있었다. 창틀이 흔들리는 소리를 듣고 있다가 그들 중 한 사람이 문득 이렇게 말한 것이다. 낮고 침울한 목소리였다.

"마음이 식은 거야. 그렇지."

한 사람은 그렇게 중얼거렸고 다른 한 사람은 별다른 대꾸 없이 가만히 앉아 있었다. 음이 소거된 텔레비전에 눈을 두고 있을 뿐이었다. 두 사람 사이에 침묵이 흘러갔다. 물리적으로 흘러갔다. 텔레비전에서는 개그맨이 나와서 혼자 스탠딩 코미디를 하는 것 같았는데 열심히 울고 웃는 표정을 짓는 그 사람이 어쩐지 외로워 보였다. 그 순간에도 파도는 치고 바람은 불고 창문은 흔들리고 있었다.

## 3. 연

연의 방은 3층에 있었다. 원래는 모수의 방이었다가 오랫동안 모수와 연이 함께 지내는 방이었다가 지금은 연이 혼자 지내는 방이었다. 객실 두 개를 터서 하나로 만든 방. 그래서 혼자 지내기에 좁지 않은 방. 해변여관의 방들이 다 그렇듯 수평선이 보이는 방. 수평선이 보이지만 아름다운 바다라는 생각은 들지 않는 방.

수평선 왼쪽으로는 멀리 발전소 굴뚝이 셋, 거대한 크레인이 하나. 해변여관의 창밖으로 보이는 해변은 바위와 방파제와 폐건물과 방치된 크레인으로 이루어져 있었다. 검푸르게 고여 있는 바다는 멈추어 있는 것 같았지만 눈을 가늘게 뜨고 다시 보면 밀려왔다가 돌아가기를 반복하는 것 같았다.

모수가 떠난 후 연은 텔레비전을 틀어두고 화면을 멍하니 바라보곤 했다. 다용도 주방도구, 비상용 텐트, 서바이벌 키트처럼 소소한 물건을 파는 홈쇼핑 채널을 주로 보았는데 여행 상품을 홍보하기 시작하면 채널을 돌렸다. 건강식품이라든가 의류가 나와도 채널을 돌렸다. 뭘 사려고 그러는 것은 아니었다. 쇼호스트들은 달변이라 물 흐르듯 말을 했는데 연은 그게 좋았다. 그들은 방송 중에 얼굴을 일그러뜨리지도 않았고 갑자기 웃음이나 울음을 터뜨리지도 않았는데 연은 그게 좋았다.

모수가 죽고 혼자 지내는 동안 형사가 전화를 해 와서 어떻게 지내는가 하고 묻기도 했다. 장례식장에서 육개장과 밥을 안주로 상한 사람처럼 소주를 마시던 형사였다. 형사는 자기가 모수의 고교 동창이라고 했는데 옛 친구가 죽어서 그런지 자꾸 의심을 했다. 연을 의심을 했다. 모수와는 별로 친했을 것 같지 않은데……라고 생각하면서도 연은 형사가 묻는 것에 차분하게 대답했다. 차분하게 대답할수록 범법자가 된 듯한 기분이 들었기 때문에 "내가 정말 범법을 했는지도 모르지. 가령 살인이라든가." 하는 생각을 하기까지 했다. 형사는 "뭐라고요? 뭐라고 하셨습니까?"라고 되물었지만 대화는 진전되지 않았다.

연은 통화를 하면서 형사에게 이상한 연민을 느꼈다. 그래서 문득, 일기를 쓰고 있느냐고 형사에게 물었다. 형사는, "일기? 일기요? 그건 또 뭡니까?" 하고 되물은 다음 그런 것을 왜 쓰느냐, 당신은 일기를 쓰고 있느냐, 쓰고 있다면 그걸 좀 보아도 되겠냐 등등의 질문을 던졌다. 연은 자신은 일기를 쓰지 않지만 형사님은 쓸 것 같아서 물어본 것뿐이라고 대답했다. 그리고 침묵을 지켰다. 당신 같은 사람이라면 역시 일기를 써야 할 것 같아서요, 라고 덧붙이고 싶었지만 더는 입을 열지 않았다.

형사는 연에게 당부 겸 경고의 말을 남겼다. 최근 범죄자들이 섬에 숨어들고 있다, 총기 소지 자유화에 관한 법률 개정안이 발의된 후 내륙에서 살인이라든가 강도라든가 하는 강력 사건이 빈발하고 있다. 신종 변이가 번진 이후에는 시신 유기도 늘어나고 있다. 그런 일을 저지른 범죄자들이 섬으로 숨어들고 있다. 그런 사람들이 해변여관 같은 곳에 은둔할 수도 있다. 그런 말을 빠르게 전하면서 형사는 이렇게 덧붙였다. 장기 투숙자들을 의심하세요. 아시겠죠?

형사는 당부의 말을 했다고 생각했지만 연에게는 경고의 말로 들렸다. 전화를 끊고 나서 연은 의심이나 추궁을 받을 때 혼자인 것은 좋지 않다는 생각을 했다. 현실감이 자꾸 떨어져서 무슨 삼류 추리소설 속에라도 들어와 있는 느낌이었다. "추리소설이라면 재미라도 있을 텐데. 어째서 내게는 추리할 것이 아무것도 없는 거지." 연은 그렇게 생각했는데 실은 생각을 한 것이 아니라 중얼거린 것이었다. "파도가 밀려오고 밤이 오고 다시 아침이 오다가…… 어느 날 갑자기 멈추는 것이다." 연은 다시 중얼거렸다.

연은 휴대폰을 들고 포털의 기사 제목들을 소리내어 읽었다. 중얼거리지 않고 큰 소리로 또박또

박 읽었다. 그러다가 음성 모드로 맞추어놓고 기계가 읽는 소리를 듣기도 했다. 기사를 읽는 기계음이 듣기에 좋았는데 사람의 목소리가 아니라서 그런지도 몰랐다.

어쨌든 궁금하지 않던 것이 조금씩 궁금해진다는 것이 신기하게 느껴졌다. 며칠 전까지는 날씨가 좋든 좋지 않든 아무런 상관이 없었는데 이제 날씨가 좋은가 좋지 않은가 하는 게 궁금하구나. 기온이 더 오르든 말든 상관이 없었는데 이제 얼마나 더 뜨거워지려나 같은 게 궁금하구나. 궁금한 게 있다는 것은 아직 살아 있는 것이라고 모수는 말한 적이 있고 그건 전적으로 타당한 말이라고 연은 생각했다. 그렇게 궁금해하는 힘으로 얼마간은 살아갈 수 있으리라고 연은 생각했다. 그것이 좋다고 연은 또 생각했다.

"다음 주에는 기온이 더 높아져서 42도에 달하겠지만 습도도 더 높아지겠습니다. 다행히 미세먼지 농도는 평년 수준을 유지하겠지만 호흡기 질환에 유의하세요."

연은 기상 캐스터의 문장이 이상하다고 생각했

다. 미세먼지 농도가 평년 수준을 유지하더라도 확실히 호흡기 질환에는 유의해야 할 것이다. 기온이 더 높아져서 42도에 달하겠지만 습도도 더 높아질 것이다.

캐스터는 티핑 포인트를 지나자 예측했던 것보다 훨씬 급격한 변화가 찾아왔다는 해외 언론의 헤드라인 뉴스를 전했다. 임계점을 지나 한번 무너지기 시작하면 모든 것은 한꺼번에 급격하게 예측 불가능한 방식으로 무너진다. 인간의 몸도 인간의 마음도 인간의 도시도 그럴 것이다. 마침내 인간이 없는 세상조차도. 그런 세상에는 '무너지다'라는 단어조차 없겠지만.

국지전이 재발했다는 소식이 뒤를 이었는데, 북방으로 이전한 신정부의 고위 관료는 위기설을 공식적으로 부인했다고 했다. 이런 식이면 실제로 전쟁이 일어나도 전쟁이 일어났다는 사실조차 부인할지도 모르겠다고 앵커는 덧붙였다. 공중파 뉴스에 나오기에는 지나치게 냉소적인 발언이었고 그는 곧 경질될 것 같았다. 국제 부문에서는 두바이 협정 준수를 요구하는 시위 소식이 이어졌지만 오래전부터 반복되어온 뉴스였기 때문에 단신으로 처리되었다. 위기라는 말은 뻔하고 상투적이고 고리타분하고 그러므로 무감각한 주제가 되었다. 전염병과 이상 기후와 전쟁 위기와 파시즘의 창궐은 서로 무관한 것 같지만 실은 밀접한 관계가 있다는 책 내용이 소개되었으나 그 역시 누구나 알고 있는 사실이었다. 빙하가 완전히 소멸된 후 지겹게 반복된 얘기인데 아직도 그 얘기인가, 하는 정도가 일반적인 반응이었다.

연은 모수가 없는 데서 뉴스를 듣는데 뉴스가 들리고 이해가 된다는 것이 새삼스러웠다. 모수가 없는데도 나는 조금씩 일상으로 돌아가고 있구나. 이런 걸 애도라고 하는 것인가. 연은 그런 것이 새삼스러웠다. 연은 세계의 산을 찍은 사진을 파노라마 뷰로 재생해놓기도 하고 철학 박사가 나와 인생이 어떻고 쇼펜하우어가 어떻고 니체가 어떻고 떠드는 OTT 다큐멘터리를 보기까지 했다. 드라마나 이야기는 눈에 들어오지 않았다. 문자로 된 책도 마찬가지.

연은 모수의 유품을 정리하기 시작했다. 유품을

정리할 때는 모수가 즐겨 듣던 그레고리오성가나 정교회 음악을 틀어두었다가 금방 꺼버렸다. 그레고리오성가나 정교회 음악을 듣고 있으면 어쩐지 제례를 치르는 기분이 되고 제례를 치르는 기분이 되면 모수를 모독하는 느낌이 들었다. "제례 같은 것은 치르고 싶지 않아." 연은 모수의 유령에게 그런 말을 했지만 모수의 유령은 대답하지 않았다. 표정도 변하지 않았다. 유령은 유령답게 물 같고 공기 같아서 반응이 없었다. 연은 그레고리오성가를 끄고 대신 바흐나 라흐마니노프를 틀었는데, 바흐나 라흐마니노프는 모수를 의식하지 않고 그냥 허공을 흘러 다니는 공기처럼 느껴졌다. 모수가 살아 있을 때는 그런 음악을 틀어놓고 둘이 가만히 누워서 조곤조곤 이야기를 나누는 것을 좋아했다. 벌거벗은 채 누워서 이야기를 나누는 것을 좋아했다. 섹스를 하기 위해서가 아니라 공기가 너무 뜨거웠기 때문이었지만 "꼭 무더워서는 아니야. 벌거벗은 채 누워서 이야기를 하고 이야기를 듣는 것이 좋았어. 좋았지, 우리는." 하고 연은 모수를 흉내 내어 모수처럼 말했다. 모수의 목소리는 주위의 소음과 음색이 비슷해서 선명하게 들리지 않았는데 연에게는 그게 좋았다. 모수가 말을 하면 파도라든가 바람이 말을 하는 것 같기도 했는데 연은 그게 또 좋았다.

"창밖을 오래 보고 있으면 크레인이 보이고 폐공장이 보이지만 또 수평선도 보이잖아요. 수평선이 점점 다가오는 것처럼 느껴지잖아요. 여관에서는 그런 것이 좋아. 그런 것이 좋지. 일이 많아서 힘이 들어도 그런 것이 좋으면 되는 거예요."

연은 모수를 흉내 내어 중얼거렸는데 혼잣말은 아니었다. 모수의 유령이 모수의 표정으로 연의 말을 듣고 있었다. 연은 책을 많이 읽어서 아는 이야기가 많았고 그런 것을 모수에게 이야기해주는 것을 좋아했다. 가령,

"아라비아에 한 마법사가 살았어요."라고 연이 말했다.

"아라비아요."라고 모수가 반복했다.

"아라비아죠. 아라비아의 마법사는 세상의 시간을 조금씩 흔들 수 있는 술을 갖고 있었어요."

"세상의 시간을 흔들다니 그건 뭘까."

"글쎄. 환각인지 뭔지는 모르겠지만 어쨌든."

연은 말을 이었다.

"어쨌든 세상의 시간을 흔드는 술예요. 마법사의 술을 마시면 누구나 세상의 시간들을 동시에 볼 수 있게 되는 거야."

"시간들을 동시에. 어떻게 그런 게 되는 걸까요."

"글쎄. 아무래도 시간이란 고체보다는 액체에 가깝고 액체보다는 기체에 가까우니까."

연은 알 듯 모를 듯한 말을 했다. 노래를 하듯이 했다. 노래를 하듯이 말하는 것은 연이 잘하는 것이었고 모수는 그런 연을 좋아했지만 그게 그러하다고 연에게 말한 적은 없었다.

"고체보다는 액체에 가깝고 액체보다는 기체에 가까운 것은 많아요. 술도 시간도 진실도 마음도 그렇죠."

연이 말했다. 모수는 연의 머리카락을 만지면서 고개를 끄덕였다. 술이나 시간은 그렇다 치고 진실이나 마음이 어째서 기체에 가까운가 하고 되묻지는 않았다. 자꾸 캐묻지 않는 것은 모수의 장점이었지만 연은 그게 장점인지 잘 모르겠다고 생각할 때가 많았다.

"어쨌든 진실이 고체라면 곤란하잖아요. 딱딱하기도 하고 부서지기도 하니까. 거기 딱 있는 것 같고. 부수고 싶고."

"딱 있는 것 같고. 부수고 싶고."

"그렇죠. 딱 있는 것 같고. 부수고 싶고. 실제로 잘 부서져요. 진실이란."

"진실이란."

모수는 연의 머리카락을 만지다 말고 천장을 보고 누웠다. 연은 누운 채 창밖을 바라보고 있었다. 발전소 쪽에서 연기가 피어올라 구름에 스며드는 모습이 보였다. 저 발전소는 가동이 중지되었는데 왜 연기가 피어오르나. 연기와 구름은 어떻게 구분되나.

"연기와 구름은 구분되지 않잖아요. 그래도 마법사는 왕에게 술을 주었어요. 세상의 시간과 세상의 진실을 한꺼번에 볼 수 있는 액체를 왕에게. 왜냐하면 그때 왕은 죽어가고 있었기 때문에. 평생 측근들의 암살 기도에 시달리다가 홀로 죽어가고 있었기 때문에. 그러니까 왕은 마법사가 건넨

술을 마셨는데 이래도 죽고 저래도 죽을 거라고 생각했으니까 마신 거예요. 술을 마시자 왕은 세상의 시간들을 한꺼번에 볼 수 있었어요. 시간의 전모를 한꺼번에. 모든 것을 거느린 거대하고 무한한 모습을."

연은 잠시 말을 멈추었다가 다시 입을 열었다.

"그걸 목격하자마자 왕은 슬픔이 가슴속에서 차오르는 것을 느꼈어요. 이 슬픔에는 이유 같은 게 없다. 이것은 그것 자체로서 슬픔이다. 극복할 수도 없고 되돌릴 수 없는 슬픔이다. 왕은 가슴을 움켜쥐고 그렇게 중얼거렸죠. 왕은 자신이 어떤 경계를 넘어가고 있다는 것을 알았어요."

"아, 경계 같은 걸 그렇게 넘어가면 안 되는데. 반칙인데."

모수가 끼어들었다.

"그렇지. 그런 건 안 되지. 반칙이지."

연이 대꾸했다.

"어쨌든 왕은 선택해야 했어요. 삶으로 돌아가서 삶을 긍정하고 진실의 일면만을 보고 살 것인가, 죽음을 택해서 삶을 부정하고 진실의 온 모습을 볼 것인가."

연은 거기까지 말하고 모수를 바라보았고 모수도 연을 바라보다가 다시 창밖으로 시선을 돌렸다. 그게 무슨 말인가 무슨 뜻인가 아리송한데 또 그럴듯한 말이다, 그런 생각을 하는 것 같았다. 한참 후에 모수가 말했다.

"왕으로서 지배할 것인가, 신의 일부가 되어 침묵할 것인가. 그런 건가요."

모수는 그렇게 말하고는 연에게 물었다.

"당신은 어느 쪽?"

원래 모수는 이런 것을 캐묻지 않는데……라고 연이 생각하자 모수가 허탈하게 말했다. 생각한 것이 아니라 중얼거린 것이었기 때문이다.

"맞아요. 내가 원래 이런 것은 캐묻지 않지."

모수는 희미하게 웃었고 여전히 진지했고 연이 대답했다.

"사실 나는 진실의 일면이고 양면이고 하는 것은 관심 없어요. 진실의 온 모습 따위가 뭐야. 그게 다 무슨 소용이야. 시간의 수많은 차원이라는 것도 웃기고 우스워. 우습고 웃기지. 그러면 세상의 아름다움을 느낄 수도 없을 테니까. 아름다움과 추함이 구분되지 않을 테니까."

연은 어쩐지 화가 나서 말했다. 화가 나서 말을 하다가 "씨발." 하고 낮게 중얼거리기까지 했다. 모수는 연이 욕을 해도 놀라지 않았다. 욕하는 법을 연에게 가르친 건 모수였다. 씨발. 좆같다. 병신. 쓰레기. 염병 등등. 욕은 더럽고 지저분할수록 좋았고 비열하면 비열할수록 좋았지만 욕을 하면 할수록 속이 시원해지지는 않고 어째서인지 점점 더 화가 났다. 연의 욕설을 듣고 있다가 모수가 대꾸했다.

"당신의 대답이 마음에 들어."

모수가 마음에 들어 하면 그것으로 된 것이다. 연은 금방 화가 풀렸는데 모수가 엉뚱한 말을 덧붙였다.

"내 생각과는 정반대라서."

연은 모수를 물끄러미 바라보았다. 모수는 웃고 있지 않았다. 얼굴을 찌푸리고 있었다. 통증이 시작된 것이었다. 그러면 곧바로 진통제를 복용해야 했다. 진통제와 수면제를 동시에 복용해야 했다. 모수는 여러 알을 복용하고 뇌세포를 안정시키고 잠을 자야 했다. 모수가 먹는 약을 연도 함께 먹었는데 그건 연에게도 좋았기 때문이었다. 몸이 잦아들고 마음이 편해지고 졸음이 오는 것은 좋은 일이다. 연은 그렇다는 것을 알고 있었다. 시간이 흘러 모수가 잠드는 것을 물끄러미 바라보는 일도 좋았다. 모수의 잠 속으로 들어가고 싶다고 연은 생각했는데 실은 생각한 것이 아니라 중얼거린 것이어서 모수는 눈을 감은 채 말했다.

"잠 속으로 들어오지는 말아요. 사람들의 잠이 다 연결되면 세상은 지옥이 될 거야."

모수답지 않게 비관적인 말이었는데 게다가, 하고 모수가 덧붙였다.

"약물에는 적당히 의존하는 게 좋아요."

약물에 의존해도 좋다는 뜻인지 적당히 하고 그만두라는 뜻인지 헷갈려서 연은 모수에게 묻고 싶었지만 아무래도 상관없다는 생각이 들어서 고개를 끄덕였다.

연과 모수는 손을 잡고 누워서 잠이 오기를 기다렸다. 어두컴컴한 창밖에 바다가 있었다. 바다

쪽 굴뚝에서 연기가 피어오르고 있었다.

"발전소가 아직 일을 하나."

연은 그렇게 생각했고 생각했지만 실은 중얼거렸고 모수가 뭐라고 대답을 했는데 목소리가 주위의 공기와 구분되지 않아서 들리지 않았다. 연기가 구름에 스며들고 수평선 너머에서 다른 구름이 다가와 또 겹쳐지는 것 같았다. 무겁고 느리게 움직이는 파도가 해안선을 조금씩 잠식하는 것 같았다. 손님은 점점 줄어들고 있었다. 몇 년 안에 해변 여관을 철거해야 한다고 했다. 연은 그런 생각을 하고 있었고 모수는 그런 생각을 하지 않고 있었다. 모수는 이미 잠들었기 때문이었다.

## 4. 천

그때는 한나가 천의 옆에 있었고 지금은 없다. 지금은 천의 옆에 한나가 없지만 그때는 있었다. 천은 그런 것이 이상하게 느껴졌다. 그때는 있었는데 지금은 없다는 건 무얼까. 그건 무슨 뜻일까. 무슨 뜻이 있다가 없어졌다는 것일까.

한나는 음악을 틀어놓고 침대에 가만히 누워서 조곤조곤 이야기하는 것을 좋아했는데, 어느 날 침대에서 천이 문득 물었다.

"그래서 자면서 그렇게 소리를 질러요."

"응?"

"자면서 말이야."

"내가 소리를 질렀나요. 자면서."

"소리를 질렀어요. 자면서."

"나는 그냥 잠을 자는 꿈을 꾸었을 뿐인데."

잠을 자는 꿈이라니 참 좋은 꿈이라고 천은 생각했지만 뭘 더 묻지는 않았다. 천과 한나는 그런 시시한 대화를 나누며 천장을 바라보았다. 천장은 민무늬였고 방은 침대 외에는 가구 하나 없이 흰 벽지로 돼 있었다. 대신 통창으로 빛이 스며들었다. 천이 말했다.

"나도 이상한 꿈을 꾸긴 했다."

"무슨 꿈인데?"

"당신과 헤어지는 꿈."

"아."

한나가 짧은 감탄사 후에 물었다.

"악몽인가?"

"악몽이죠."

"그래서?"

"그래서는 뭐가."

"떠났나?"

"떠났지. 당신이."

"그렇구나."

"……"

"끝이야?"

"응. 끝."

한나는 천에게서 등을 돌려 창문 쪽으로 돌아누웠다. 희부윰하게 빛이 새어들고 있었다. 천도 창문 쪽으로 몸을 돌렸다. 사실 꿈은 거기서 끝이 아니었는데 한나에게 끝까지 말하지는 않았다. 꿈속에서 천은 한나가 다른 사람과 함께 침대에 누워 있는 것을 보았다. 두 사람이 잘 어울린다고 생각했는데 실제로 두 사람은 참 잘 어울려 보였다. 하지만 한참 시간이 지나도 전혀 움직이지 않고 꼼짝을 하지 않아서 뭘 어떻게 해야 할지 알 수 없었다. 죽었나? 죽었다. 둘 다? 둘 다. 어째서? 왜? 어째서. 왜. 침대에 누워 있는 한나의 머리맡에 권총이 놓여 있었지만 피는 보이지 않았다. 침대는 깨끗했다. 총은 발사된 것이 틀림없는데 피는 보이지 않았고 두 사람은 평온한 얼굴이었다. 천은 이것이 악몽이라고 생각했는데, 그것은 꿈속의 생각이었다.

"비가 온다고 했나. 흐리네."

한나가 중얼거렸다. 천이 한나의 말을 반복했다.

"흐리네. 비가 온다고 했나."

창밖에서 구름이 구름에 스며들고 있었는데 그것은 안개가 안개에 스며드는 것과 다르지 않았다. 구름과 안개와 연기는 사실 구분되지 않았고 한나가 말했다.

"다음 구름에서 쉬어 가요."

그렇게 말하면서 몸을 돌려 천장을 향해 바로 누웠다.

"다음 구름에서."

천장에 시선을 두고 한나가 반복했는데 천에게는 한나의 옆모습이 희미하게 느껴졌다. 있는 듯 없는 듯한 옆모습이라고 천은 생각했다. 눈송이가 물에 닿아 스르르 녹아가는 것 같다고도 생각했는데, 그건 잠이 한나에게 스르르 스며드는 중이기 때문이었다. 한나가 잠이 드는 모습을 천은 물끄러미 바라보았다.

그로부터 한 계절이 지나 두 사람은 헤어지게

되지만 아직 두 사람은 그것을 모르고 있었다. 모르고 있었지만 예감하지 못한 것은 아니었다. 예감이란 구름이나 안개처럼 스며들어 연기가 되어 흩어지는 것이니까. 한 계절이 지난 어느 날 침대에 누운 채 한나는 이렇게 말했다.

"떠나야겠어. 떠날게."

그런 말을 한 것은 한나였고 한나는 한나답지 않게 감상적인 어조로 덧붙였다.

"구름 같고 연기 같은 것을 보고 예감이구나, 하고 깨달을 때가 있잖아요. 그래서 고개를 들면 이미 그곳에는 텅 빈 하늘뿐이야. 구름도 연기도 당신도 없어."

천은 침묵했다. 천도 한나가 그렇게 말할 것을 알고 있었다. 알고 있었다기보다는 예감하고 있었다. 연기처럼 안개처럼 예감하고 있었는데 열심히 예감을 한 덕분에 천은 놀라지 않았다. 의외라고 생각하지 않았다. 하지만 한나가 떠나겠다고 한 이유를 말했을 때는 놀랐고 의외라고 생각했다. 떠나겠다는 이유는 두 가지예요, 라고 한나는 설명했다. 전직 아나운서답게 명료한 발음으로 설명을 했다. 목소리는 허공에 흩어지지 않았고 정확하게 천의 귓속으로 스며들었다.

첫째는 그 사람이 아프다는 것이었다. '그 사람'은 한나의 엑스였는데, 엑스, 말하자면 한나가 예전에 사랑했던 사람. 실은 지금도 사랑하고 있는 사람.

한나가 그를 '엑스'라고 부를 때마다 천은 자신도 모르게 약간의 신비로움을 느꼈다. 아마도 엑스라는 기호 때문일 것이었는데 불특정한 존재를 지시하고 신비로움을 유발하는 그 기호의 유래가 궁금하다는 생각이 천의 머릿속에 잠시 머물렀다가 사라졌다.

한나의 엑스는 지역 방송사에서 일을 했고 아나운서실 실장까지 지냈지만 지금은 퇴직한 상태였다. 엑스는 엑스라는 기호와 달리 평범한 사람으로 혼자 살고 있었고 어느 날 문득 병이 시작되었다. 변이가 시작되었다. 술을 마시지도 않고 흡연도 하지 않았으며 비알코올성 지방간이 있기는 했지만 전반적으로 양호한 건강 상태를 유지하고 있었는데 갑자기 죽음이 가까이 온 것이다. 생체 내부의 리듬이 망가지고 특정 부위의 세포가 과잉 활성화되면서 외형이 급속도로 변해갔다. 사람들은 그것을 최초 발견자의 이름을 따서 후Hu 변이라고 불렀다. 변이가 시작된 사람들의 몸은 티핑 포인트가 지나자 예측 불가능할 만큼 빠르게 무너져갔다. 피부는 변색되고 관절에 이상이 나타났다. 뜻밖의 각도로 팔을 꺾을 수 있었지만 그건 환자의 의도가 아니었다. 변이는 기존에 알려지지 않은 질병이었고 원인은 명백하게 밝혀지지 않았다. 세균, 바이러스, 피폭, 아황산가스 중독 등이 지목되었으나 스트레스 때문이라는 무책임한 주장도 있었다.

원인은 애매했지만 결과는 명확했다. 엑스는 모든 것을 수긍하고 남은 삶이 짧다는 것을 받아들였다. 한나가 엑스에게 돌아가기로 결정했을 때는 엑스가 모든 것을 받아들이고 이미 평안의 상태로 진입한 뒤였다. 평안? 평안. 평화. 안식. 고요.

엑스는 삶을 반추하거나 회상하지 않았다. 지난 시간을 회고하면서 슬픔이나 우울에 빠지지 않았다. 오래 알던 지인들에게 하나하나 메일을 보내거나 전화를 걸어서 마지막 인사를 하지도 않았다. 누구에게 용서를 구하거나 누구를 용서하기 위해 애쓰지 않았다. 자신의 삶을 긍정하거나 부정하지 않았다. 한나가 돌아온다는 것에 대해서도 엑스는 특별한 감회가 없었다. 그는 자신이 이미 죽음 쪽으로 한 발쯤 건너갔으며 의외로 그것이 안온한 기분을 준다는 것을 알았다. 이 모든 것이 마약성 진통제의 효과라고는 할 수 없었다.

한나에게는 복잡한 것을 단순하게 생각하는 힘이 있었고 천은 그것을 닮고 싶다고 느꼈고 실제로 조금씩 닮아가고 있었다. 엑스에게 변이가 시작되었고 외로운데 왜 한나가 가야 하느냐고 묻지 않았다. 모든 것이 단순하고 명료하다고 생각했을 뿐이었다. 한나는 엑스가 사망할 때까지 그의 곁에 머물겠다고 말했다. 그것은 단순하고 자연스러운 것이다. 엑스가 사망해도 한나는 돌아오지 않을 것이다. 천은 그것을 직감으로 알았고 알았지만 그래도 더 묻지 않고 고개를 끄덕였다.

또 다른 이유가 있어요. 한나는 말했다. 또 다른 이유, 그러니까 둘째는, 하고 명료한 어조로 입을 열었다.

"혼자 있을 시간이 필요해."

천은 복잡한 것을 단순하게 생각하고 싶었지만 혼자 있을 시간이 필요하다니, 그것은 좀처럼 그럴 수 없다고 생각했다. 단순하지도, 자연스럽지도 않다고 천은 생각했다.

한나에게는 혼자 있는 시간이 이미 충분했다. 방송 일을 그만둔 이후 한나는 하루의 대부분을 혼자 보내고 있었다. 천과 함께 살기 시작한 뒤에도 하루의 대부분을 혼자 보내고 있었다. 천은 한나가 혼자 있는 시간을 방해한 적이 없고 한나도 천이 혼자 있는 시간을 방해한 적이 없다. 적어도 천은 그렇게 생각하고 있었다.

천은 오피스텔 근처의 빌라에 옥탑방을 얻어서 연습실로 사용했다. 그곳에서 대사를 외우고 동선을 익히고 자세와 표정을 가다듬으며 대부분의 시간을 보냈다. 수많은 인물들이 천의 몸을 지나갔다. 자신의 몸이 그 인물들을 받아들이기 위해 존재하는 것 같았고 천은 그게 좋았다. 연습실에는 천이 없고 천이 아닌 수많은 사람들이 살아가는 것 같았는데 천은 또 그게 좋았다. 좋은 것이 많은 삶은 좋은 삶이라고 천은 생각하고 있었다. 단순하게 생각하고 있었다.

한나는 아나운서 일을 그만둔 후 칩거하고 있었다. 칩거라기보다는 유폐라고 하는 편이 나았다. 다른 방송사로 옮기지도 않았고 케이블 방송 쪽에 자리를 알아보지도 않았으며 천 외에는 아무도 만나지 않았다. 한나는 집에만 있었다. 혼자 있는 시간은 한나에게 충분하다 못해 과잉이었는데 혼자 있을 시간이 더 필요하다는 것을 천은 이해하지 못했다. 반대가 아닌가. 한나는 혼자 있으면 곤란하다. 그게 천의 생각이었다. 하지만 한나는 고개를 저었다. 그게 아니라고 고개를 저었다. 자신은 혼자가 아니라고, 이미 혼자가 아니라고. 그러니까 혼자가 되어야 한다고 한나는 천에게 말했다.

그해 여름 방송 사고가 있었다. 유례없는 방송 사고였다. 한나가 아침 뉴스의 앵커로 발탁된 지 겨우 일주일이 지난 어느 날이었고 기온이 높았으며 수해가 발생한 날이었다. 태풍이 아닌데도 그

정도 규모의 수해가 발생한 것은 수십 년 만이라고 했다. 무더위 끝에 뜨거운 비가 쏟아졌을 뿐인데 해안 도로가 침수되었다. 해안 도로에 위치한 쇼핑몰에서 지반침하와 수몰이 동시에 발생했다. 빗물이 스며들어 건물 한쪽이 꺼지면서 지하층에 물이 찼다. 비가 그친 아침이었고 뜨거운 공기가 잠시 소강상태에 접어든 뒤였고 쇼핑몰은 막 개장한 상태였다.

그 시간에 한나는 스튜디오에서 문화계 소식을 전하고 있었다. 한나는 자신이 발음하는 문장에 사로잡혀 있었다. 발음을 정확하게 해야 한다는 생각에 등에 땀이 맺혔지만 반복적인 훈련 덕분에 표정은 유연하고 부드러워 보였다. 신종 감염병이 확산되고 국경 주변에서 국지전 위험이 높아졌으며 총기 소지 자유화에 관한 법률 개정안 때문에 항의 시위가 일어났다는 소식을 전한 뒤였다. 전쟁 상황이 지속되고 있는 남부 유럽 및 동아시아 소식은 해외 뉴스로 다루어졌다.

문화계 소식은 간략했다. 번이 관련 서적의 출판 러시가 소개되었으며, 형사물과 누아르 영화의 전성기가 다시 도래했다는 리포트가 있었다. 우리 시대의 사랑과 죽음에 관한 연극이 곧 무대에 올라간다는 소식도 있었는데 상실과 그리움과 아름다움과 그 모든 것의 몰락에 대한 모노드라마로 제목은 '침잠'이라고 했다. 우리 시대의 분위기에 비추어보면 다소 수동적이고 퇴행적인 연극이라는 평론가의 비판적 코멘트가 소개되었다. 시대에 맞서는 긍정의 힘이 필요하다는 코멘트가 이어졌지만, 앵커로서 한나는 그게 무슨 뜻인지 생각하지 않았다. 자신의 입이 만드는 발음에 사로잡혀 있었기 때문이었다.

문화계 소식을 마무리하려는 순간 프롬프터에 속보가 떴다. 한나는 멘트를 멈추고 잠시 프롬프터를 바라본 뒤 기사를 읽기 시작했다. "속보를 전해드리겠습니다." 한나는 건조한 목소리로 프롬프터에 뜬 문장을 읽어나갔다. 해안 도로, 쇼핑센터, 수몰, 사상자, 사망자, 구조……

프롬프터에 뜬 내용을 읽어가던 중, 한나의 몸 속 깊은 곳에서 무언가가 발생했다. 그렇게밖에 말할 수 없는 무언가가 발생했다. 발생했다고 할

수밖에 없는 그것은 근육과 신경과 혈관을 타고
한나의 온몸으로 번져갔다. 근육과 신경과 혈관을
타고 번져간 그것이 한나의 얼굴 표정을 일그러뜨
렸다. 속보를 전하던 한나는 갑자기 고개를 약간
기울이고는 얼굴을 일그러뜨렸다. 텔레비전 화면
에 비친 한나의 얼굴은 확실히 '웃음'이라고 할 만
한 표정을 하고 있었다. 웃음이라기보다는 알 수
없는 발작이었는데, 발작? 그랬다, 발작이라고 할
무언가가 한나의 내부에서 갑자기 튀어나왔는데,
시청자들이 보기에 그것은 확실히 '웃음'이었다.

"갑자기 튀어나왔어."

한나는 나중에 천에게 그렇게 말했다.

"웃음이."

"웃음이."

천이 따라서 말하자 한나가 물끄러미 천을 바라
보았다.

"실은 울음이."

"실은 울음이."

모든 일은 단순하고 자연스럽게 일어난 것뿐이
었다. 생방송으로 재난 속보를 전하던 도중에 앵

커가 웃음을 터뜨렸다. 쇼핑센터, 수몰, 사상자, 사망자, 구조…… 소식을 전하다가 앵커가 웃음을 터뜨렸다. 앵커에게 그것은 웃음이 아니라 갑작스러운 발작이었고 울음과 구분되지 않는 일그러짐이었지만 시청자들에게 그것은 발작도 아니고 울음도 아니고 그냥 어이없는 웃음이었다. 누가 보아도 웃음이라고밖에 할 수 없는 것. 그게 앵커의 입에서 튀어나왔다. 자제력을 잃고 얼굴을 일그러뜨린 앵커의 입에서 튀어나왔다. 저것은 슬픈 마음이었는데 갑자기 즐거운 장면을 목격한 사람의 웃음이다…… 너무 우스운 시트콤을 보면서 눈물을 찔끔거리는 사람의 웃음이다…… 도저히 참을 수 없어서 튀어나온 명백한 웃음이다…… 결국 기이한 폭소라고밖에 말할 수 없는……

앵커는 급히 자신의 입을 틀어막았다. 웃음이 터진 후 자신의 입을 막기까지 걸린 시간은 2초, 아니 1.5초쯤이었다. 앵커는 그 순간 깨달았다. 웃음이란 무수한 바늘이 얼굴을 찌르는 것과 같구나. 웃음이란 제어할 수 없는 것의 다른 이름이구나. 이것은 웃음이라는 단어를 빌린 고통이구나.

천이 한나를 바라보며 심상하게 말했다.

"보디 스내칭을 당한 거네."

재난 사고 소식을 전하다가 갑자기 웃음이 튀어나온 아나운서의 표정을 떠올리느라 천은 얼굴을 씰룩이고 있었다. 보디 스내칭이라는 단어는 너무 가볍지 않은가 하는 생각이 들었지만 한나는 고개를 끄덕여주었다.

앵커는 일그러진 표정을 수습하고 평정을 되찾은 뒤 다음 뉴스를 진행했다. 실수가 있더라도 실수에 매여서는 안 된다. 지금 이 순간에 집중하지 않으면 실수가 반복될 것이다. 말을 더듬거나 말실수를 하더라도 재빨리 사과하고 다음 진행을 원활하게 하면 된다. 그러면 아무 일도 일어나지 않는다…… 대학 방송국 시절부터 기자 초년생 시절까지 수없이 들었던 말이었다. 죄송합니다. 착오가 있었습니다. 한나는 침착하게 사과 멘트를 전한 후 속보를 마무리했다.

물론 상황은 그것으로 종료되지 않았다. 시청자들의 항의가 쇄도했다. 상황에 맞지 않는, 어이없는, 미친, 저주받을 웃음에 대한 항의였다. 재난 사고가 발생했고 사상자들이 병원으로 실려 가는 모습이 화면 오른쪽 상단에 송출되고 있었는데 그 비극적인 소식을 전하던 방송사 앵커가 웃음을 터뜨렸다. 웃음을. 말하자면 폭소를. 게다가 '착오'가 있었다고 사과를 하다니. 그게 '착오'라니.

사안이 명백했으므로 방송사에서는 발 빠르게 대응했다. 광고 중에 사과 자막을 내보냈다. 다음 날 한나의 자리에 기용된 남성 아나운서는 오프닝 멘트로 전날 방송 사고를 언급하고 공식 사과했다. 한나는 아나운서실 실장의 지시에 따라 직접 사과문을 작성했다. 방송사의 사과와는 별도로 당사자의 사과문도 필요했던 것이다. 한나는 보도국 산하 담당 직원에게 메일로 사과문을 전송했고 그 문안은 별다른 수정 없이 시청자 게시판에 업로드되었다.

사과문에서 한나는 의도와 다르게 잘못을 저질렀다고 적었다. 알 수 없는 이유의 '발작'이었다고 적었다. 그것이 이유를 알 수 없는 발작이었다고 해도 명백한 잘못이며 끔찍한 실수라는 것을 알고 있다고도 적었다. '의도와 다르게'라는 표현이 비겁한 회피로 이해될 수 있다는 것을 알고 있었지만 그 외에 다르게 적을 수는 없었다. 그게 사실이었기 때문이다. 기체와 같은 진실이기 때문이다. 몸에 스며들었다가 한꺼번에 튀어나오는 연기 같은. 구름 같은. 악몽 같은.

한나의 사과문을 받은 담당 직원은 여러 회사의 인턴을 거쳐 방송국 입사의 꿈을 이룬 사람으로 인생의 모든 일은 가급적 기계적으로 처리하는 것이 좋다는 신념을 갖고 있었다. 그것이 생존의 중요한 조건이라고 믿고 있었다.

진실이기 때문에 적지 말아야 할 것도 있는 법이라고 직원은 생각했다. 진실만큼 허구적인 것도 없다고 직원은 생각했다. 하지만 가급적 기계적으로 일 처리를 하는 게 좋다는 신념을 갖고 있었으므로 직원은 그 사과문을 단순 교정만 하고 업로드했다. 아나운서실의 스크리닝을 거쳤겠지. 어쨌든 욕 좀 먹겠네. 멍청하긴.

당연하게도 한나의 해명은 비겁한 회피로 이해되었다. 비난은 더 크게 번졌다. 방송사 홈페이지가 다운되었다. 신문과 포털에 기사가 나고 일파

만파로 사태가 번져갔지만 한나가 할 수 있는 일은 없었다. 언론문화위원회 등 관련 부처에서 징계를 검토하기 시작하자 실장이 한나를 불러 무거운 표정으로 말했다.

"아무래도, 잠시 쉬는 게 좋겠는데."

실장은 그렇게 말하고는 한참을 침묵했는데 그는 원래 우울증이 있는 사람이었다. 권력에 대한 욕망이 없는데도 이런저런 상황 때문에 그 자리에 발탁된 사람이었다. 권력에 대한 욕망이 없다는 바로 그 이유 때문에 그 자리에 있는 사람이었다. 총리가 바뀐 후 방송사 내부의 권력 다툼 와중에 엉뚱하게도 그가 요직을 맡게 된 것이었다. 별다른 정치적 입장을 낸 적이 없다는 바로 그 이유 때문에.

실장은 침울한 표정이었고 오래 말이 없었다. 한나도 침울한 표정이었고 오래 말이 없었다. 빠른 대응을 하지 않으면 시청자들의 항의가 심해질 것이다. 방송사 전체로 타격이 번질 것이다. 신정부 언론문화위원회의 징계를 받을 것이다. 과거 대학 시절에 운동권이었다는 이유로 좌표가 찍힐 것이다. 당연하게도 방송사 매출이 떨어질 것이다…… 실장은 그런 말을 하지는 않았다. 하지 않아도 되는 말이라는 것을 실장도 한나도 알고 있었다. 창밖으로 해가 지고 있었다. 퇴근 시간이 지나 있었다. 실장은 손가락으로 책상을 톡, 톡, 두드리다가 입을 열었다.

"골프 선수나 야구 선수한테 입스라는 게 있잖아요. 입스라는 게 있어. 골퍼가 골프채를 휘둘렀는데 공이 아니라 필드를 때리고, 야구 선수가 공을 던졌는데 공이 엉뚱한 곳으로 날아가. 말하자면 뇌가 지시를 해도 근육이 엇나가는 거예요. 뇌가 통제가 안 되는 거예요. 근육이 제멋대로 움직이면……."

실장은 잠시 말을 멈춘 후에 공이 날아가는 방향을 바라보듯 허공으로 시선을 옮겼다. 한나도 실장을 따라 허공으로 시선을 옮겼다.

"그건 슬럼프와는 달라요. 슬럼프는 잠시 감각을 잃어버리는 거잖아요. 그런데 입스는 감각을 잃어버리는 게 아니라 기이한 다른 감각에 지배되는 거니까. 일종의, 보디 스내칭이랄까."

실장은 다시 한나를 바라보았다.

"근육들이 주인의 명령을 듣지 않는 거야. 아나운서에게도 비슷한 게 있다는 거, 알고 있잖아요. 입술과 혀와 얼굴근육이 내 것인데…… 실은 내 것이 아닌 상태. 통제할 수 없는 상태. 거의 발작과 비슷한."

실장이 말을 멈추었다. 한나는 고개를 끄덕일 수 없어서 그냥 서 있었다. 허공을 바라보며 서 있었다. 실장에게서 그런 말을 듣는 것이 괴롭지는 않았는데 그가 다른 사람이 아니라 실장이기 때문이었다. 괴롭지는 않지만 자꾸 슬픔이 밀려왔는데 그가 다른 사람이 아니라 실장이기 때문이었다. 실장이 그런 말을 하면서 깊은 슬픔을 느끼고 있다는 것을 한나도 느끼고 있었다. 실장이 슬픔을 느끼면 한나도 슬픔을 느낀다. 한나에게 그것은 단순하고 자연스러운 일이었다. 그들은 오랜 결혼 생활을 청산하고 얼마 전 헤어졌는데 그것은 한나가 원한 것이었다. 구름 같고 연기 같은 것을 보고 예감이구나, 하고 깨달을 때가 있잖아요. 그래서 고개를 들면 이미 그곳에는 텅 빈 하늘뿐이야. 구름도 연기도 당신도 없는.

실장이 입을 열었다.

"다른 부서로 옮기는 게 좋겠지만…… 이번에는 그것도 어렵겠어요."

실장이 짧게 숨을 내쉬고 말을 이었다.

"그래서 말인데…… 잠시 쉬는 게 어떨까요."

한나는 고개를 조금 더 숙이는 것으로 실장의 의견에 동의를 표했다. 한나 역시 알고 있었다. 다른 부서로 옮기는 정도로는 해결될 수 없다. 한나는 상황을 받아들였다. 실장의 말대로 잠시 쉬었다가 오겠다는 뜻은 아니었다. 사직하겠다는 뜻이었다. 실제로 실장 역시 그런 뜻으로 말한 것이었다.

한나는 방송사에 사직서를 제출하고 더 이상 출근하지 않았다. 그것으로 모든 것이 해결되리라고 생각한 것은 아니었다. 조용한 시간으로 돌아가고 싶었지만 바람은 이루어지지 않았고, 이루어지지 않으리라는 것 역시 한나는 알고 있었다. 사람들의 분노는 좀처럼 사그라들지 않았다. 사람들은 정부 주요 부처의 국외 이전을 밀어붙인 총리라든

가 각종 사고를 막지 못한 관료들에게는 관대했지
만, 재난 앞에서 웃음을 터뜨린 앵커에게는 관대
하지 않았다.

## 5. 연

　모수의 유품은 많지 않았다. 뭐든 간소한 사람
이었다. 인생에 많은 물품이 필요하지 않은 사람
이었다. 많은 감정도 필요하지 않은 사람이었다.
몸이 큰 편이어서 에너지가 많이 필요할 텐데도
어쩐지 삶 자체가 소규모였다.

　모수의 규모에 맞추려고 연은 노력을 했다. 소
규모 감정에 맞추려고 노력을 했다. 소규모 감정?
그랬다. 모수는 감정의 변화가 적고 매사에 야심
이 없고 계획이랄 게 없는 사람이었다. 둔하다면
둔하고 무심하다면 무심하고 그냥 그렇게 살아가
는 데 익숙한 사람이었다. 그러니까 유품을 정리

하는 데 많은 시간이 걸리지는 않을 거야. 그러리
라고 예상하고 있었다.

예상하던 일이 일어나면 사람은 예상을 하고 있
었기 때문에 충격을 덜 받는다. 예상을 성실하게
하면 어떤 일이든 생각보다 담담하게 받아들일 수
있는데 이런 건 모수가 생전에 했던 말이었다. 죽
음은 그렇지 않을 텐데. 예상을 아무리 해도 죽음
은 그렇지 않을 텐데. 모수의 말을 들으며 연은 그
런 생각을 했고, 모수는 연을 물끄러미 바라보다
가 "그건 그래요. 죽음은 그렇지 않겠죠. 담담하게
받아들일 수 없겠죠." 하고 들릴 듯 말 듯 중얼거
렸다.

모수의 말은 음색이나 음역이 주위 소음과 비슷
해서 잘 들리지 않았지만 가만히 듣고 있으면 들
리기는 들려서 고개를 끄덕이게 되었다. 무슨 말
을 해도 다 들은 것 같고 다 들었는데도 무슨 뜻인
지 이해가 되지 않을 때도 있었다. 고개를 끄덕인
후 나중에 그게 무슨 뜻이냐고 물어보면 의외로
동의하기 어려운 것도 많아서 연은 고개를 갸웃거
리곤 했다. 예전에도 모수는 알쏭달쏭한 말을 했

다. 자신은 해안에서 떠나지 않을 것이고 나중에 해안이 사라지면 자신도 해안과 같이 사라질 것인데 그때 당신이 나를 함께 사라지게 해주면 좋겠다는 것이었다. 주위의 음색과 비슷해서 모수 씨의 말은 참 듣기가 좋다고 생각하고 있다가 연은 함께 사라지게 해주면 좋겠다는 게 무슨 뜻인가 하고 깜짝 놀랐다. 대체 그게 무슨 뜻이냐고 되물어보니까 모수는 뭐가 무슨 뜻이라는 말이냐, 하는 눈빛으로 연을 바라볼 뿐이었다.

도청 근처에 있는 병원에 가서 검사 결과를 확인하고 나올 때 모수는 말했다. "예상하던 일이 일어나면 사람은 예상을 하고 있었기 때문에 별다른 충격을 받지 않잖아요. 예상을 성실하게 하면 생각보다 담담하게 받아들일 수 있잖아요."

연은 침울해져서 아무 말도 하지 않았는데 모수가 장난스러운 표정을 하고 연의 손을 가만히 잡았다. 연은 모수를 쳐다볼 수가 없어서 먼 데 구름을 바라보며 걸었다. 그때가 유월이었고 한 해가 지나 다시 유월이 왔는데 공기가 그때보다 무겁고 뜨겁게 느껴졌다. 41도가 넘는다고 했다. 뜨거운 태풍이 오리라는 예보도 있었다. 예보를 전한 것은 처음 보는 여성 앵커였는데 어쩐지 낯이 익어서 연은 병원 대기실의 벽걸이 텔레비전을 물끄러미 바라보았다. 앵커는 무표정을 겨우 유지하는 사람의 얼굴로 뉴스를 전하고 있었고, 연은 어쩐지 그 얼굴에 친근감을 느꼈다. 친근감이라니. 이건 뭔가.

연과 모수는 앞으로 몸 여기저기가 부어오르고 관절이 조금씩 변형될 것이라는 의사의 진단을 듣고 병원을 나왔다. 연이 모수의 손을 잡았다. 변이가 진행될 것이라는 소견을 듣고도 모수는 감정의 변화가 별로 없었는데, 아까 텔레비전에서 날씨를 전해주던 여성 앵커가 어쩐지 낯이 익지 않느냐고, 연에게 물어보았을 뿐이었다.


모수의 유품 중에 노트만은 양이 많았다. 모수는 해변여관의 주인으로서 301호실을 리모델링해서 거주했다. 그 방에는 낡은 책상과 의자가 놓여 있었고 창문 옆으로 수납장이 하나 더 있었다. 수납장은 원목으로 된 6단 가구로 중고 매장에서

모수가 공을 들여 고른 것이었다. 중고라고는 해
도 편백나무라서 값이 꽤 나갔는데 시간이 여러
겹으로 쌓여서 나비경첩조차 나무의 일부인 듯 느
껴지는 물건이었다. "바라보는 것만으로도 시간
속으로 가만히 잠기는 기분예요." 모수는 그렇게
말했는데, 모수는 굳이 뭘 바라보지 않을 때도 시
간 속에 가만히 잠겨 있는 사람 아닌가, 그런 생각
이 들어서 연은 혼자 웃었다.

모수가 수납장을 마련한 것은 연이 처음 해변
여관에 와서 유숙하던 무렵이었다. 그때 연은 전
남편과 헤어진 상태였고 시내에서 작은 서점을 하
다가 처분한 뒤였다. 연은 소형 박스카를 타고 해
변여관에 와서 며칠을 투숙객으로 지냈다. 멍하니
바다를 바라보며 지냈다. 그때는 연이 모수를 모
르고 모수도 연을 모르던 때였는데 집으로 돌아간
뒤에도 자꾸 모수가 떠올라 연은 이상하다고 생
각했다. 옥상에서 담배를 피우면서 자꾸 모수에게
자기 얘기를 하게 되는 게 이상하다고 생각했다.

얼마간의 시간이 지난 뒤 아무래도 안 되겠어서
연은 다시 해변여관으로 갔고 결국 모수와 살림을

합쳐 같이 살기 시작했다. 혼인신고 같은 것은 하지 않으려 했는데 결국 하게 된 것은 한참 시간이 흘러 모수의 삶이 얼마 남지 않았다는 것을 알게 되었을 때였다.

수납장 상단의 세 칸은 유리를 통해 안쪽이 투명하게 보이도록 되어 있었다. 거기에는 아무것도 없어서 연이 저기에 뭘 좀 넣는 게 어때요 하고 물어도 모수는 그냥 비어 있는 게 좋지 않아요 하고 되물어볼 뿐 딱히 생각이 없는 듯했다.

수납장 하단의 세 칸은 서랍 형태로 돼 있었다. 서랍은 모두 노트로 가득했고 노트들은 세로로 세워져 차곡차곡 정리돼 있었다. 서랍이 제법 깊어서 몇 권인지 세어볼 수도 없었다. 이 노트들은 무슨 노트예요, 하고 물어보지는 않았다. 노트란 뭔가를 기록하는 것이고 무얼 기록하는 것은 기록하는 사람의 마음이니까, 하고 연은 생각했다. 연이 그렇게 생각한 것은 때마침 모수가 다 쓴 노트를 서랍에 집어넣고 이리저리 순서를 정리하던 때였다.

"맞아요. 노트란 뭔가를 기록하는 것이죠. 노트

가 많은데 별건 아니고 그냥 다이어리예요."

모수가 대답했다.

"다이어리? 일기?"

"응. 다이어리. 일기."

연은 일기든 다이어리든 그런 걸 써본 적이 없어서 감도 잡히지 않았다. "나는 초등학생 때 그림일기 말고는 써본 적이 없는데." 연은 웃으면서 말했지만 웃는 연을 쳐다보면서도 모수가 같이 웃지를 않아서 조금 기분이 상했다. 왜요? 어째서 내가 웃는데 당신은 웃지 않아요? 하는 표정으로 연은 모수를 바라보았다. 속으로는 다이어리 같은 것을 쓰다니 유치하다, 초등학생 같다, 생각하고 있는데 모수가 "그렇죠. 초등학생 같죠." 하고 입을 열었다. 상한 기분은 금방 어디로 사라지고 어쩐지 변명하는 느낌이 되어 연은 다시 말했다. "나는 초등학생 때 그림일기 말고는 써본 적이 없는데. 왜냐하면 매일이 똑같다고 느껴졌거든요. 매일이 똑같은데 일기가 무슨 소용이야."

연의 말을 듣고 모수는 그제야 희미하게 웃었지만 웃으면서 고개를 저었다. 가만히 고개를 저었다. 감정의 진폭도 목소리의 높낮이 차이도 크지 않은 모수의 동작으로는 매우 이례적이어서 연은 마음속으로 꽤 놀랐다. 이 사람도 부정을 하는구나, 거절을 하는구나, 동의하지 않는다고 의사를 표시하는구나. 모수가 희미하게 웃으면서 고개를 가만히 젓다가 말했다.

"똑같은 하루는 없잖아요. 매일이 다르잖아요. 일기를 쓰면 그런 게 느껴지는데."

모수의 말에 연은 고개를 끄덕였다. 너무 당연 하고 당연하므로 시시해서 고개를 끄덕이지 않을 수 없는 말이었다. 뭐 그런 당연한 말을 당연한 어 조로 당연하게 하는데도 모수가 하면 그냥 당연하 게 느껴지지는 않았다.

그걸 말이라고 하나. 똑같은 하루가 어디 있나. 지구가 생긴 이래 수십 억 년 동안 똑같은 하루는 단 하루도 없었겠지. 모수가 뻔한 이야기를 한다 고 생각해서 연은 속으로 웃었고 속으로 웃었지만 실은 소리 내어 웃은 것이었다. 모수가 웃는 연을 쳐다보면서 말했다. 목소리는 여전히 주위의 공기 와 비슷한 음색이었다.

"맞아요. 똑같은 하루가 어디 있어. 지구가 생긴 이래 똑같은 하루는 단 하루도 없었겠지. 바다 속에 처음 생긴 플랑크톤들에게도 똑같은 하루는 없었겠지. 저기 창밖을 떠가는 구름 모양도 다르고 해변에 부는 바람 방향도 다 달랐겠지."

모수는 또 당연한 말을 당연하게 했는데 그게 묘하게 설득력이 있었다.

"다 비슷해 보이는 파도에도 개성이라는 게 있잖아요. 수만 년 동안 이 섬에 파도가 밀려왔잖아요. 모든 파도들은 다 조금씩 다른 파도일 거잖아요."

약간 뾰로통한 어조라고 연은 생각했지만 모수는 그냥 말을 할 뿐이었다. 연은 모수 씨가 뾰로통할 줄도 아는구나 하는 생각이 들어서 또 우스웠다. "맞아요. 나는 뾰로통할 줄도 알지." 하고 모수가 대꾸했다.

연은 파도를 바라볼 때마다 모수의 말이 생각나서 재미가 있었다. 수만 년 전부터 저 파도가 매일 달랐을 것을 생각하니 어쩐지 웃음이 났다. 이게 웃음이 날 일인가 하고 생각했지만 그래도 역시 웃음이 났다. 수만 년 전에 이 섬이 없었다는 생각은 하지 않았다.

"섬이 있건 없건 파도는 있었을 거예요."

혼자 남은 연은 모수가 했던 말을 반복했다. 모수는 그런 말을 했는데 그런 모수는 이제 없다.

"하루하루는 매일 다르지. 매일 달라요. 당신이 있다가 없어지는 것도 마찬가지. 이제 비슷한 하루는 다시 오지 않을 거야. 당신은 굼벵이 같고 갑각류 같고 보아뱀 같아서 싫다."

연은 모수의 유령을 바라보다가 문득 말을 했다. 굳은 표정이었다.


모수는 일기를 열심히 썼다. 굼벵이 같고 갑각류 같고 보아뱀 같은 자세로 열심히 썼다. 살아가는 것에 대해 일기를 쓴다기보다는 일기를 쓰기 위해 살아간다고 해도 좋았다. 또는 일기를 쓴 뒤에 살아간다고 해도 좋았다. 연은 저렇게 몰두하는 것은 아무래도 이상하다고 생각했다. 중독된 사람 같잖아 하고 생각했다.

모수가 무엇을 기록하는지 궁금했다. 모수가 일

기라고 했으므로 일기겠지만 일기에 무엇을 기록하는지는 사람마다 다를 것이다. 매일매일이 다르다고 했으니 모수에게는 기록할 것이 많을 것이다.

"맞아요. 기록할 것이 많죠. 가로수 빛깔이 바뀌는 걸 보고 있으면, 하늘빛이 변하는 걸 보고 있으면, 당신의 얼굴빛이 달라지는 걸 보고 있으면, 시간이란 역시 물질에 가까운가 하고 생각하게 돼요."

모수는 그런 철학적인 말을 했다. 철학자라도 된 것처럼 말하는 게 조금 꼴사나워서 "그럼 우리가 물질 속을 지나가고 있는 거네요."라고 비아냥을 섞어 말하자 모수는 고개를 끄덕였다. 표정 없이 고개를 끄덕였다. 이제는 물질 속을 지나가는 모수를 상상하려고 했지만 잘 되지 않았다. "그래서 지금 모수 씨는 물질이 되어 물질 속을 통과하고 있겠구나." 그렇게 생각하니 또 화가 났다.

연은 바다의 빛깔을 열심히 보려고 했다. 파도의 빛깔을 가만히 보려고 했다. 창밖의 구름이 변하는 모양을 꼼꼼히 보려고 했다. 화장실 거울 속의 얼굴빛을 물끄러미 바라보려고 했다. 그러려고 했지만 연은 매일매일이 하루하루가 비슷하다고 느꼈다. 다르지 않다고 느꼈다. 굼벵이 같고 갑각류 같고 보아뱀 같은 것은 모수 씨가 아니라 연 자신인 것 같았다.

모수가 떠나고 나서는 많은 것이 달라졌다. 지금은 모수가 없고 모수의 유령만 있어서 그런가. 모수의 유령이 고개를 살짝 기울인 채 연을 바라보고 있어서.

모수는 원래 내륙에서 태어났고 홀어머니 아래서 자랐다고 했다. 모수의 어머니는 두 번 결혼하고 두 번 이혼했는데 두 번째 결혼에서 모수를 낳았고, 이혼 이후에는 모수를 키우며 혼자 살았다. 복잡한가? 복잡하지는 않았다. 그냥 나름대로 잘 살았다고, 모수의 어머니는 회상했다.

"잘 살았다는 것은 엄마의 말이고 실은 그렇지 않았어요."

이건 모수의 말이었지만 잘 산다는 것의 기준은 늘 분명치 않았으므로 "엄마의 말이 맞을 것 같은데. 엄마가 잘 살았다고 하면 잘 산 거죠." 하고 연은 반박을 했다. 실은 반박도 아니고 말도 아니고 그냥 생각한 것뿐이었다.

오래전에 연은 엄마가 운영하던 옷 가게를 물려받아 운영한 적이 있었다. 일종의 편집 숍으로 꾸미고 실내의 색감을 화려하게 조성했다. 화려한 색들 사이에서 연은 책을 읽었지만 편집 숍이고 뭐고 역시 이문이 적어 운영이 쉽지 않았다.

연은 결국 옷 가게를 접고 시내의 서점에 취직해서 직원으로 일했다. 서점 직원으로 일하면서 서점 매니저와 친해지는 것은 자연스러운 일이었지만 서점 매니저와 결혼하는 것은 자연스럽지 않은 일이었다. 그것은 의외의 일이었다. 연은 의외의 일을 했다.

연이 서점 매니저와 결혼했을 때 모수는 택시 운전을 하고 있었다. 공무원으로 일하다가 파면을 당한 뒤였다. 공무원도 좋지만 택시 기사 쪽이 자신에게 더 맞는 직업이라고 모수는 생각했다. 택시 기사는 운전을 하면서 많은 말을 하지 않아도 된다. 그것이 마음에 들었다. 과묵한 택시 기사가 모수에게 어울렸다.

세상에 똑같은 하루는 없었고 그날도 마찬가지였다. 택시 기사 모수는 잠이 부족했다. 밤에 악몽을 꾸었는데 너무 전형적이라서 시시한 악몽이었다. 꿈속의 모수는 여전히 공무원이었고 사람들이 모수를 쫓아왔다. 모수는 골목에서 골목으로 도망치면서 저것들이 좀비인가 생물인가 인간인가 궁금해했는데 좀비건 생물이건 인간이건 어째서 도지사와 그 측근들을 닮았나 의아했다. 저들은 꿈에서나 생시에서나 비슷하구나. 생시에서는 형사를 시켜서 쫓아오더니 꿈에서는 자기들이 직접 쫓아오는구나. 모수는 꿈속에서도 그렇게 생각했다. 꿈속에서도 그렇게 사실에 부합하는 생각을 했다.

전날 밤 악몽에 시달리느라 잠이 부족했던 모수는 집중력이 흐려져 있었다. 하지만 모수는 성실한 사람이었으므로 집중력을 유지하기 위해 노력했고, 실제로 집중력은 유지되고 있었다. 그런데도 사고가 났다. 사회면 하단에 박스 기사로 처리되고 약간의 사회적 동정을 받은 뒤에 더 이상 아무도 관심을 갖지 않을 만한 교통사고……조차 아니었다. 하루에 수십 수백 건씩 일어나는 사소한 일이어서 단신으로도 보도되지 않을 만한 사고.

무단횡단을 하려던 노인을 보지 못한 것은 모수의 집중력 탓이 아니었다. 도로변에 상용 트럭이 정차해 있었고 트럭 뒤에서 갑자기 노인이 튀어나왔다. 트럭이 시야를 가렸기 때문에 모수는 노인을 뒤늦게 발견했다.

비접촉 사고였다. 노인은 급정거한 모수의 택시에 부딪히지 않았다. 택시를 보고 멈추어 서다가 다리가 꼬였을 뿐이다. 가볍게 엉덩방아를 찧었을 뿐이다. 그 순간 노인의 연약한 고관절이 부서졌다. 모수는 노인을 직접 병원으로 옮기고 상태를 체크했다. 보험사를 부르고 사고 처리를 했다.

해안 도로를 따라 차를 몰고 집으로 돌아오면서 모수는 바다의 빛깔이 시시각각으로 바뀌는 것을 보았다. 잠이 부족하지 않았다면 0.05초 정도 빠르게 브레이크를 밟을 수 있었을까. 그랬다면 노인이 넘어지지 않을 수 있었을까. 엉덩방아를 찧지 않을 수 있었을까. 모수는 생각했다.

노인은 고관절이 부서져 수술을 했는데 수술 부위에 염증이 발생했고 염증은 노인의 몸을 빠르게 잠식해갔다. 노인은 몇 개월 후 사망했다. 원한도 분노도 어울리지 않는 사건이었지만, 그렇기 때문에 비극이 줄어드는 것은 아니다.

시간은 물질이고 물질은 이동하고 움직이는데 물질이 이동하고 움직이면 변화가 일어나고 그래서 무단횡단을 하던 노인은 세상을 떠났다. 모수는 택시 일을 그만둔 뒤 해변여관을 운영했다. 시간은 물질이었기 때문에 지금은 모수조차 사망하고 연이 모수의 유령과 같이 살고 있었다.

연은 옥상에 올라가 담배를 피웠다. 전보다 많이 피웠고 더 깊이 연기를 들이마셨다. 모수가 담배를 피우는 모습을 떠올리다가 옥상 난간에 팔을 괴고 오른발과 왼발을 살짝 교차시킨 자세로 담배를 피웠다.

연은 뜨거운 유월의 바람이 불어오는 방향을 바라보았다. 인적 없는 해변 도로의 가로수 빛깔을 유심히 바라보았다. 물빛과 하늘빛이 변하는 것을 물끄러미 바라보았다. 연의 입장에서는 아무리 보아도 바람의 느낌이 나무의 빛깔이 또 물의 결이 어제와 다르지 않았다. 해변 도로의 풍경도 다르

지 않았다. 연은 가만히 고여 있는 것을 좋아하는
사람인데 이제는 그것이 좋지 않았다.

## 6. 천

"우리는 혼자 있을 시간이 필요해요."

그렇게 말하는 순간 한나는 자신의 말이 너무 상투적이라고 느꼈다. 어딘지 어법에 안 맞는다고 느꼈다. 우리는 혼자 있을 시간이 필요하다니. 어색하고 상투적인 데다 어딘지 비겁하게 들리리라고 한나는 짐작했다. 그래도 단순한 진실이라고 느껴졌고 그래서 그냥 그렇게 말했다. 한나에게는, 무엇보다도 천에게는, 혼자 있을 시간이 필요했다. 왜냐하면 혼자 있는 것이 불가능하기 때문에. 한나에게도 천에게도 그것이 불가능하기 때문에.

천은 다른 생각을 하고 있었다. 나는 이미 혼자 있는 시간이 충분한데, 한나 역시 그건 마찬가지일 텐데, 인간에게는 혼자 있는 시간이 얼마나 필요한가. 천은 침울한 생각에 잠겼다.

천이 커다란 캐리어 두 개에 짐을 싸 들고 한나의 복층 오피스텔로 들어온 것은 2년 반 전이었다. 그리고 이제 헤어져야 할 때가 왔는데, 헤어져야 할 때가 왔다고 느낀 건 한나였고 천은 아니었다. 천은 준비가 되어 있지 않았고 한나는 다소 갑작스럽게 말을 꺼냈다.

"가봐야겠어. 그 사람에게."

한나는 그렇게 말한 뒤 오래 침묵했다. 천도 오래 침묵했다. 한나가 다시 입을 열어 설명을 하자 천은 한참 후에 고개를 끄덕였다. 한나의 엑스가 중독되었다면…… 변이가 시작되었다면…… 그의 마지막을 지키려는 것이 한나의 마음이라면…… 그건 어쩔 수 없을 것이다. 한나가 떠나는 것은 한나의 엑스가 죽어가고 있기 때문이다. 자명한 일이다. 단순한 일이다. 천은 그렇게 생각했고 그렇게 생각함으로써 위안을 얻으려고 했다.

그것은 실제로 위안이 되었다.

자신이 선택할 수 없는 것에 대해서는 결과를 받아들이면 된다. 어쩔 수 없는 것은 수긍하면 된다. 이미 발생한 것은 발생하기 이전으로 되돌릴 수 없다. 단순한 산술이다. 어떻게 해도 결과가 변하지 않는다면 아무것도 고민할 필요가 없다.

이런 자세가 낙관적인 것인지 비관적인 것인지 천은 알 수 없었다. 낙관도 아니고 비관도 아니고 실은 비겁한 것인지도 모르겠다고 천은 생각했는데, 사태를 어쩔 수 없는 것으로 재빨리 단정하고 승복함으로써 자신을 보호하고 있는 것인지도 모르니까.

천은 한나의 엑스가 누구인지 몰랐지만 실은 그를 본 적이 있었다. 한나의 엑스는 한나가 일하던 아나운서실의 실장으로, 한나가 퇴직한 뒤 얼마 안 가 사표를 냈다. 그는 자신이 그 자리에 맞지 않는다는 것을 알고 있었다.

그때 방송사에 들어온 내부 고발 제보는 실장의 마음을 굳히는 계기가 되었다. 그 자료는 도청의 사업 현황과 도지사의 업무 활동 상황을 담고 있었지만 핵심이 모호했다. 핵심? 그랬다. 도지사의 행적이나 발언을 담은 자료라는 것은 확실했지만 타임테이블과 근거 자료들 외의 제보 내용은 거의 일기에 가까워서 핵심이 무엇인지 이해하기 어려웠다. 일기라고는 하지만 거의 기이하다고 할 정도로 객관적 사실들만이 적시되어 있었다. 작성자의 주관적 코멘트는 없었다. 제보자는 필요한 정보와 불필요한 정보가 무엇인지 구분할 의지가 없는 것처럼 보였다. 자료에는 미팅 참석자 이름과 의제와 구체적인 발언 내용이 꼼꼼히 기록되어 있었지만 미팅 당시 도지사의 표정과 기분, 창밖의 풍경이나 기온 같은 불필요한 정보도 포함되어 있었다. 그 외에 커피의 종류, 그날의 뉴스 등등까지. 제보 자료는 보도국과 아나운서실의 공유를 거쳐 상부로 올라갔지만 간단하게 묵살되었다.

실장의 우울증은 악화되어갔다. 제보 자료는 이상한 설득력으로 실장의 마음을 사로잡았지만, 그것이 묵살되었기 때문에 우울증이 악화된 것은 아니었다. 묵살되리라는 것은 이미 예상하고 있었다. 포인트가 없잖아, 포인트가. 실장은 회의 때 들었던 말을 떠올렸다.

실장은 복도를 걸어가면서 더 이상 아무것도 감당할 수 없다고 느꼈다. 실장은 복도의 창문을 열고 까마득한 아래를 내려다보았다. 그러다 다시 창문을 닫고 고개를 숙인 채 복도를 걸어갔다. 그는 사장실로 향하고 있었다. 제보 자료의 공개와 보도를 건의하기 위해서였다.

일주일 후 실장은 면직 통보를 받았다. 그는 방송국 산하의 문화재단으로 좌천되었는데 관리자도 아니고 일반 직원이었다. 방송국을 나가라는 뜻이었지만 실장은 사표를 쓰지 않았다. 그는 무도로 거처를 옮기고 새로 놓인 다리를 건너 문화재단 직원으로서 출근하기 시작했다. 사람들의 예상과는 달리 그는 재단에서 아무런 말썽을 일으키지 않았다. 그는 재단의 직원으로서 조용히 일을 했다.

그는 직원의 업무가 진심으로 마음에 들었다. 너무 평범해서 뭐라 말하기 어려울 정도의 업무였다. 하루 종일 그룹웨어를 예의 주시하고 타 부서에 전달사항과 요구사항을 보내거나 타 부서의 전달사항과 요구사항을 확인하고 이행하면 되었다. 업무 시간 외에는 업무를 잊을 수 있는 직책이었다. 성과가 명료하게 드러나거나 티가 나는 일이 아니었는데 그는 바로 그 점이 마음에 들었다. 변이가 시작된 것은 그즈음의 일이었다. 어쩌면 그의 삶에서 가장 행복한 삶이 시작되려 할 즈음.

천은 실장을 본 적이 있었는데, 한나가 리포터로서 '오늘의 예술인 인터뷰' 꼭지를 진행할 때였다. 천은 카메라 앞에서 긴장하고 있었으므로 실장의 존재를 알지 못했다. 실장은 카메라 곁에 서서 팔짱을 낀 채 천과 한나를 바라보고 있었다.

그날은 천이 한나를 처음 만난 날이었다. 한나가 진행하는 꼭지에 인터뷰이로 나왔을 때 그들은 초면이었고, 천은 이제 막 인지도를 쌓아가는 연극배우였다. 인터뷰를 진행하면서 한나는 자신이 천에게 끌리고 있다는 것을 알았는데, 그게 어떤 종류의 것인지 그때는 알지 못했다. 한나는 천이 키가 크고 팔과 다리가 길고 호리호리한 체형을 갖고 있기 때문이 아니라 낭만적인 예술가이기 때문이 아닐까 생각했고, 그래서 '자유로운 영혼이란 무엇일까요.' 같은 썰렁한 질문을 던지기까지 했다.

천은 자신이 '자유로운 영혼'이라고는 단 한 번도 생각해본 적이 없었기 때문에 고개를 갸웃거리며 인터뷰어를 바라보았다. 마침 그때 천이 공연했던 작품은 낭만주의 시인 바이런의 장시 『차일드 해럴드의 순례』를 각색한 작품으로, 주인공의 이름을 포함해서 모든 것을 현재 시점으로 바꾼 연극이었다. 배경은 유배자들의 섬이었다. 주인공의 이름이 차일해라는 건 우스꽝스러웠지만 한나는 그래도 작품이 마음에 들었다. 인터뷰어 한나는 차일해의 자유로운 영혼에 매료되었다고 말했고 인터뷰이 천은 고개를 살짝 기울인 채 반문했다.

"자유로운 영혼? 자유로운 영혼이라는 게 가능해요?"

그 순간 한나는 천의 표정에서 차일해를 보았다. 무대 위에서 차일해가 짓던 표정이 천의 얼굴에 스치는 것을 보았다. '자유로운 영혼이라는 게 가능해요?'라는 것은 연극에 나온 차일해의 대사였는데 정작 천은 그렇다는 것을 인지하지 못했다. 천은 '자유로운 영혼'이 헛된 수사에 불과하다고 믿고 있었고 바로 그런 부정과 의심이야말로 '자유로운 영혼'을 추구하는 이들의 악습이라는 것도 알고 있었다.

한나는 대학 시절부터 연극에 관심이 있었다. 혼자 공연을 보러 다니는 것을 좋아했다. 연극 자체보다는 공연장 특유의 분위기와 연극을 본다는 행위를 좋아했다. 연극이 상연될 때 관객들이 침묵하는 순간과 배우가 등장하기 직전의 암전에 매료되었다. 그런 것에 매료되는 자신이 이상하다고 생각하지는 않았다.

천은 자신이 만난 기자나 리포터 중 한나가 자신의 세계를 가장 잘 이해하고 있는 것 같다고 말했다. 정확하게 표현하자면 '유니크하게' 이해하는 것 같다고 했는데 그건 반어가 아니라 정말 유니크하게 느껴졌기 때문에 한 말이었다. 한나는 약간의 지적 호기심과 함께 메소드 연기에 대한 천의 생각을 물었다. 천은 자신의 연기가 메소드로는 설명될 수 없다고 답했다. 그러면서 다소 곤란한 표정을 지었는데 그 순간에도 천은 자신이 여전히 차일해의 자세와 표정으로 말하고 있다는 것을 자각하지 못했다. 고개를 살짝 기울인 채 입술을 달싹이며 말하는 천의 얼굴을, 한나는 물끄러미 바라보았다. 고개를 기울인 각도, 입술이 움직이는 모양, 입술 사이에서 말이 흘러나오는 순간……에 한나는 이 얼굴을 만져보고 싶다고 느꼈고, 실제로 팔을 들어 천의 얼굴을 만지려다가 멈칫하기까지 했다. 한나의 손이 허공에 떠 있었다. 천은 허공에 멈춘 한나의 손을 물끄러미 바라보다가 입을 열었다.

"아시겠지만 메소드는 일종의 훈련 방법이잖아요. 배우가 배역에 스며들기 위한 것이죠. 그런데 저는 스며든다고 느끼지 않아요."

"스며들지 않는다면?"

"글쎄요. 스며들지 않는다면…… 뭐라고 해야 할까…… 뭔가에 중독되는 기분이랄까요."

천은 그렇게 말하고 한나를 멀뚱하게 바라보았다. 한나는, 중독이 된다고요? 스며드는 거나 중독되는 거나 그게 그거 아닌가? 하고 말하려다가 입을 다물었다. 뭔가 다르긴 다른 것 같아서였는데 그게 뭔지는 알 수 없었다.

한나는 예술가가 되지 않은 것을 다행이라고 생각했고 그것은 진심이었다. '나는 예술가를 좋아하지 않는다. 왜냐하면⋯⋯ 예술가는 인간과 세계를 더 잘 이해할 것 같지만 실은 정반대니까.' 그렇다는 것을 한나는 알고 있었다. 예술을 통해 인간과 세계를 폭넓게 이해하기는커녕 몰이해만이 깊어질 수도 있다. 대부분의 예술가는 자신의 작업을 통해 인간과 세계를 이해하고 감각하지만, 그와 동시에 자신의 자아가 강화되고 있다는 것은 자각하지 못한다. 그들은 자신을 표현하고 자신에 대해 말하고 자신을 주장하는 것에 익숙해진다. 그들은 자신의 말과 작업에 쉽게 몰두한다. 몰두하고 도취하는 것이 예술이라는 듯이. 그런 몰두와 도취 때문에 그들은 몰이해의 늪에 빠진다. 실은 예술가만 그런 것은 아니라고 한나는 생각했다. 정치가도 논객도 비슷하다. 토론을 하고 논쟁을 하는 것이 민주주의의 기본이라고 외치지만 토론을 하고 논쟁을 하는 당사자들에게 토론이나 논쟁은 뜻밖의 영향을 미친다. 주장하고 논쟁하고 선언하고 공격하고 설복시키려는 사람들은 논쟁이나 싸움을 통해서 지혜로워지지 않는다. 그들은 자신의 입장과 논거의 포로가 된다. 끊임없는 확증 편향과 증오의 감정과 상대를 부정하는 논리의 개발에 골몰한다. 그들은 점점 진실에서 멀어진다. 한나는 이런 것이 자신의 '입장'이라고 결론을 내렸다.

이 논리 전개에는 허점이 많았으나 한나는 자신의 경험으로 허점을 합리화했다. 경험에서 나온 생각이었으므로 결론을 의심하지 않았다. 한나는 배우 화가 가수 시인 들을 만날 때마다 자신의 생각이 타당하다는 것을 직간접적으로 확인했다. 대개의 확신이 그렇듯 그것은 시간이 지나 신념이 되었다.

천을 만나지 않았더라면 한나의 신념은 변하지 않았을 것이었다. 천이 논리적으로 한나를 설득한 것은 아니었다. 천에게 매료되었기 때문에 한나가 생각과 신념을 바꾼 것도 아니었다. 예외가 하나라고 해도 그 하나가 강력한 사례라면 생각을 바꾸지 않을 수 없다. 그것을 한나는 이해했다.

천에게서 한나는 다른 예술가들과는 다른 무엇을 느꼈다. 그것을 텅 빈 무엇이라고 해도 좋았다. 실제로 천에게는 텅 빈 내면이 있었는데 한나는 그것을 일종의 겸허함이자 재능이라고 생각했다. 이 사람, 예술가로서의 자신을 주장하는 것 같지 않고 자신의 연기를 스스로 느끼는 것 같지 않다. 이 사람은 혼자 있지 않구나. 혼자 있을 시간이 없구나. 다른 사람들로 붐비는 삶을 살아가고 있기 때문에. 자신과 타인의 경계가 흐려져 있고 삶과 연기가 뒤섞여서 구분되지 않는구나. 아, 이건 뭔가 정상이 아닌데. 이건 뭔가 좋지 않은데. 한나는 그렇게 생각하면서도 순순히 수긍했다. 자신이 천에게 매료되고 있다는 것을. 자신이 매료되고 있는 대상이 천이 아니라 실은 천이 맡은 배역들인지도 모른다고 생각하면서.


바다가 보이는 창문에는 커튼이 쳐져 있었다. 커튼은 어두운 빛깔이었지만 암막 커튼은 아니었다. 희미하지만 뜨거운 햇빛이 구석 자리까지 스며들었다. 햇빛에 잠겨가듯이 천은 방 안에 앉아 있었다. 천은 자신이 누구인지 생각하지 않았다. 그는 자신이 누구인지 생각하는 것에 흥미를 느끼지 못했다. 그런 것은 전혀 중요한 문제가 아니었다.

텔레비전에서는 뉴스가 흘러나오고 있었다. 아나운서는 곧 칠월이 되면 고온 다습한 여름이 시작되고 45도에 이르는 폭염이 닥칠 것이며 해안선 침식이 예상보다 빠르게 진행되리라는 소식을 전했다. 국경에서 국지전이 빈발하고 최악의 경우 전면전이 시작되리라는 뉴스도 있었다. 그런 것들이 어떻게 해서 그렇게 연결되는 것인지에 대해서는 설명이 없었다. 설명이 없어도 누구나 순식간에 모든 것을 이해했다. 그럴 수밖에 없다는 것을 이해했다.

해안선 침식에 관한 뉴스를 전하면서 앵커는 해안선은 원래 변해가는 것이고 그것이 정상이라는 기상청의 설명을 덧붙였다. 바다가 해안선을 잠식하는 것은 사실이지만 우려할 정도는 아니며 수온이 올라가면 오히려 새로운 어종이 나타나 어획량이 늘 수 있다는 설명도 덧붙였다. 북방에서는 새로운 농업과 산업이 가능할 것이라는 낙관적 전망이 이어졌는데, 이 모든 멘트는 최근에 사장이 바뀌면서 보도 기조가 바뀐 결과였다. 아나운서는 울 듯한 표정이었지만 그렇다는 것을 그 자신은 인지하지 못하고 있었다. 아나운서의 입이 썰룩거리며 무언가 다른 말이 튀어나오려 하고 있었다.

천은 텔레비전을 보면서 아나운서와 비슷한 표정을 지었다. 웃을 수도 울 수도 없을 때 짓는 표정이었지만 정작 천은 엉뚱한 생각에 시달리고 있었다. 사람들은 나 혼자 죽는 게 아니라 다 같이 죽는다고 하면 죽는 것도 별로 안 무서워하지. 사람들이 많이 죽는다는 것이 어쩐지 반갑게 느껴지지. 천은 그런 생각을 하는 자신이 끔찍하게 느껴지지 않았다. 흐린 햇빛이 커튼에 스며들고 스며든 빛이 더 흐릿해진 채 방 안에서 일렁였다.

# 7. 연



생각이 자꾸 이상한 곳으로 가는군. 모수는 말했다. 통증은 마약성 진통제로 조절이 되었지만 생각은 아니었다. 자꾸 비관적이 되고 이상한 충동이 일어나네. 모수는 또 그렇게 말했는데 어떤 충동? 하고 연이 물으면 뜨거운 해변을 걷다가 스르르 녹아버리고 싶은 충동 같은 것이라고 대답했다. 멀쩡하게 서 있다가 걷고 떠들고 누워 잠들고 깨어나 세수를 한 뒤에 결국 조금씩 가라앉는 느낌이라고 모수는 말했다. 그게 뭐야, 하고 연이 물으면 글쎄, 욕을 하다가 갑자기 웃고 싶은 기분 같은 거, 웃고 있다가 갑자기 침울해지는 기분 같은

거, 하고 모수는 말했다. 그렇게 말하면서도 자신
이 무슨 말을 하고 있는지 모르겠다는 표정이었
다. 무언가를 하면 할수록 자꾸 물에 가라앉는 기
분, 가라앉으며 고요해지는 기분, 하고 모수는 또
말했다.

그리고 얼마간의 시간이 지난 후 모수는 정말
고요해졌다. 너무 고요해졌다. 모수가 떠난 뒤로
301호의 창문은 닫혀 있었다. 창문이 닫힌 방 안
에서 연은 혼자 잠들고 혼자 깨어났다. 얼마 전까
지는 두 사람이 잠들고 두 사람이 깨어났는데 또
얼마가 지난 후에는 한 사람이 잠들고 한 사람이
깨어났다. 혼자 잠들고 혼자 깨어난 후에 연은 가
만히 누워서 천장을 오래 바라보았다. 멀쩡하게
서 있다가 걷고 떠들고 누워 잠들고 깨어나 세수
를 한 뒤에 결국 조금씩 가라앉는 기분이란 이런
것인가 하는 생각이 들었다. 물속 깊은 곳으로 서
서히 잠겨가는……

아침에는 그래도 햇빛이 들었다. 햇빛이 가닿은
구석 자리에는 모수의 유령이 우두커니 앉아 있었
다. 물에 잠긴 것처럼 우두커니 앉아 있었다. 물속

에 앉아서 물에 잠겨가는 연을 바라보는 유령이었다. 모수의 유령은 등을 수납장에 기댄 채였다.

모수가 떠난 뒤에도 수납장 서랍에는 일기들이 들어 있었다. 모수는 열쇠로 서랍을 잠그거나 그러지는 않았다. 살아 있을 때 모수는 책상 위에 일기를 펴놓고 그냥 볼일을 보러 나가기도 했다. 볼 사람이 없다고 생각하는 것인지 봐도 좋다고 생각하는 것인지 보는 쪽을 권장하는 것인지 애매했지만 연은 물어보지 않았다. 아무런 상관이 없다고 모수는 생각했을 것이다. 그런 것에 대해 생각 같은 것을 굳이 하지 않았을 것이다. 그런 것이 갑각류나 보아뱀이나 굼벵이다운 것이었지만, 무엇이 무엇답다는 말은 무엇일까 하고 연은 생각했다. "모수 씨는 모수 씨다운 삶을 산 것이 아니라, 모수 씨가 삶을 다 살고 나서 모수 씨다운 것이 흐릿하게 생성되었을 뿐이잖아." 연은 그렇게 생각했지만 실은 중얼거린 것이었다. 흐릿하게 생성된 유령이 연의 곁에서 연을 바라보고 있었다.

모수의 일기가 유품이 된 후에도 연은 그것을

펴보지 않았다. 연은 잘 참았다. 참는 자신이 마음에 들었다. 하지만 다른 이유는 없었을까? 아마도 있었을 것이다. 연은 자신이 감상적인 사람이라는 것을 알고 있었다. 연은 감상적일 때의 자신을 좋아하지 않았고, 드라마를 보면서 눈물을 흘릴 때의 자신에 대해 희미한 혐오감을 느꼈다.

모수의 일기를 보면 글자가 안 보이고 눈물부터 떨어질 것 같았다. 눈물이 떨어지면 종이가 울고 잉크가 번질 것인데 왜냐하면 모수는 만년필로 일기를 썼기 때문이었다. 굳이 만년필로 정갈하게 일기를 썼기 때문이었다. 그 만년필은 예전처럼 스포이트로 잉크를 빨아들이는 방식이 아니라 카트리지를 바꿔 끼우는 방식이었다. 모수는 만년필로 한 글자 한 글자를 쓰고 한 문장 한 문장을 썼다. 쓰는 일로 생각을 대체하려는 사람 같았다.

"번거롭지 않아요? 태블릿이나 컴퓨터에 쓰면 편할 텐데." 하고 물으면 "태블릿이나 컴퓨터 화면에는 만년필로 쓸 수가 없잖아요."라고 엉뚱한 답변을 했다. "전자 펜으로 쓰면 되지 별걸 다." 하고 반박했더니 아무 말도 하지 않아서 연은 샐쭉해진 표정으로 "고리타분하고 구리구리하잖아." 하고 또 비판을 했다. 노트에 쓰면 쓴 뒤에 좀처럼 지울 수 없으니까 좋다거나, 노트 쪽이 필기감이 묵직해서 좋다거나 그런 말을 할 법도 했는데 모수는 아무런 대꾸도 하지 않았다. 화가 난 건가 했지만 그렇지는 않은 것 같았고 그건 사실이었다. 모수는 화가 나지 않았다.

모수가 매일 무얼 쓰고 있어서 "무얼 써요?" 하고 물으면 모수는 "일기요." 하고 싱겁게 대답했다. "모수 씨, 일기광인가봐." 하고 연이 말하면 "아, 당연하잖아요. 나는 일기광이지." 하고 또 모수는 싱겁게 대답했다. 싱거운 대화가 모수와 연의 대화였다.

자신은 정말 일기광이어서 매일 모든 것을 기록하지 않으면 불안해진다고 했다. 아니 그런데 그건 왜 그런 걸까. 연은 혼자 생각했는데 모수는 "예전부터 그렇게 하지 않으면 안 되었으니까. 기록을 하지 않아도 불안하지 않은 사람들은 왜 그런지 모르겠어." 하고 대답하는 것이었다.

연으로서는 아무래도 의외라고 생각하는 게 있

었는데, 예전에 모수가 도청에서 공무원으로 근무했다는 사실이었다. 모수는 몸이 크고 과묵하고 성실하며 일처리에 꼼꼼한 사람이라는 평판을 듣고 있었다. 몸이 크고 과묵하고 성실하며 일처리에 꼼꼼한 모수가 공무원으로 일할 때 연은 시내 쇼핑몰에 위치한 서점에서 점원으로 근무하고 있었다. 연은 혼자 중얼거리기를 좋아하고 그리 꼼꼼하지는 못했지만 책을 좋아했다. 그래서 일을 하다가도 멍하니 정신줄을 놓는 일이 많았는데, 그 때문에 매니저에게 여러 차례 경고를 받았다. 매니저는 "매장 관리를 하는 분이 정신줄을 놓으면 서점 운영이 되겠어요?" 하고 정색한 얼굴로 면박을 주었다. 매니저는 그렇게 면박을 주면서도 연을 마음에 품고 있었기 때문에 목소리가 떨렸다. 매니저의 경고를 들으면서 연은 "이 사람이 나를 좋아하나. 그래서 목소리가 떨리나." 하고 생각했는데, 그건 생각이 아니라 중얼거림이었다. 매니저는 목소리를 높이다가 연의 중얼거림을 듣고 당황했다. 당황한 매니저는 갑자기 감정이 복받쳤고 더 목소리를 높여서 외쳤다. "매장 관리를 하는

분이 정신줄을 놓으면 서점 운영이 되겠어요 안 되겠어요, 네?" 매니저가 다시 외치는 순간 그의 눈에서 갑자기 눈물이 쏟아졌는데, 그것은 확실히 매니저 스스로도 예기치 못한 사태였다. 얼마 후에 연과 매니저는 결혼식을 올렸다.

그 무렵에 모수는 몸이 크고 과묵한 데다 꼼꼼해서 도지사 비서로 발탁되었다. 비서이자 수행원으로서 모수는 도지사가 다니는 곳이라면 어디든 동행했다. 비서가 되고 얼마 지나지 않았을 때 모수는 시민단체 대표와의 면담 일정을 조율한 적이 있는데 여러 가지 사안을 두고 찬반 양쪽이 격렬하게 충돌할 때였다. 총기 소지 자유화에 관한 법률 개정안과 함께 북방 신정부 내의 여유 부지로 도청을 통합 이전하는 안이 쟁점이었다.

도지사는 찬성 측과의 면담이 길어지자 반대 측과의 면담을 일방적으로 연기했다. 이를 두고 양쪽의 진실 공방이 벌어졌다. 반대하는 측에서는 공개적으로 도지사를 비판했으나, 모수는 도청의 이전이 이미 결정돼 있으므로 변경되지 않으리라는 것을 알고 있었다.

모수는 꼼꼼하게 기록하고 자료를 정리했다. 업로드되는 공문서와 각종 행사 내역과 도지사의 지시 사항과 주요 미팅 일정과 발언 내역 같은 것을 꼼꼼하게 정리하고 기록했다. 업무와 관계가 있기 때문에 기록하는 것이었지만 실은 업무와 관계없는 것까지도 기록했다. 모수는 그것을 구분하지 않았는데, 모든 것을 기록하는 것이 그의 오랜 습관이었기 때문이다.

　하지만 방송국에 자료를 보낸 것은 다소 충동적이었다. 병원 대기실에서 텔레비전을 보는데 여성 앵커가 얼굴을 일그러뜨리고는 갑자기 웃음을 터뜨렸다. 속보를 전하다가 웃음을 터뜨린 그 앵커는 비난을 받을 것 같았다. 그이가 어쩐지 낯이 익어서 모수는 고개를 갸우뚱하게 기울였다. 모수는 그것이 웃음이 아니라 일종의 울음이고 발작이라는 것을 알았다. 그날 모수는 자신이 기록한 노트의 일부를 복사해 다른 자료들과 함께 방송국으로 발송했다.

　서점 매니저는 마음이 여려서 착할 것 같았지

만 실은 감정의 기복이 심하고 신경질적인 사람이었다. 연은 매니저가 감정의 기복이 심하다는 것은 알고 있었지만 신경질적이라고 생각하지는 않아서 의외였다. "착하니까 감정의 기복이 심한 거야." 연은 그렇게 중얼거렸다.

매니저는 어쩌다 보니 서점에 취직을 해서 매니저까지 된 사람이었고, 연은 책을 좋아해서 서점 점원이 된 사람이었다. 책을 좋아한다는 것과 서점에서 일한다는 것은 차원이 달랐기 때문에, 연은 책을 좋아해도 서점에서 직원으로 일하는 것은 좋아하지 않았다. 연은 결혼 후 서점을 그만두었고 매니저는 일을 계속했다.

계속 일을 했으면 좋았을 텐데 매니저는 서점에서 몇 번 트러블을 일으킨 끝에 결국 해고되었다. 아르바이트생을 무단으로 잘랐다가 노동청에 고발을 당하기도 했고 손님과 사소한 언쟁을 벌이다가 눈물을 보이기도 했다. 매니저는 그때마다 심각하게 반성을 하고 자책을 했지만 반성과 자책을 너무 심하게 하는 바람에 연은 그와 살기가 피곤하다고 생각했다. 하지만 그건 생각이 아니라 중얼거림이었고 그 중얼거림을 들은 매니저는 충격을 받았다. 매니저는 갑자기 연의 모든 것이 낯설게 보였다. 아, 이 사람이 이런 생각을 하고 있구나. 매니저는 깊고 어두운 깨달음을 얻은 표정으로 연을 바라보았다.

며칠 후 이혼을 제안한 것은 매니저가 아니었다. 연이었다. 결혼을 하자마자 이혼을 하는 셈이었기 때문에 연은 자신의 선택에 어이가 없었지만 놀라지는 않았다. 매니저는 의외로 선선히 이혼에 동의했다. 이혼 과정에는 별다른 트러블이 없었다. "결혼도 이혼도 심각한 것이 아니구나." 하고 연은 생각했는데 매니저는 의아한 표정을 지었다가 곧 침울한 표정으로 말했다. "맞아요. 심각한 것이 아니지."

이혼 후 연은 혼자 살았다. 꽤 오랫동안 혼자 살았다. 뉴스에서 본 통계에는 혼자 사는 여성의 생활 만족도가 가장 높고 그다음이 무자녀 커플, 그리고 자녀가 있는 커플 순이라고 했다. 마지막은 혼자 사는 남성이었다. 연은 자신이 통계에 걸맞은 사람이라는 것이 마음에 들었다. 통계에 부합

한다는 것은 다수에 속한다는 것이고 그건 안전하다는 뜻이다…… 연은 그런 이상한 논리를 만들고는 혼자 웃었다. 연은 혼자 여행을 다니다가 해변 여관에 묵었고 거기서 모수를 처음 만났다.

연은 모수의 유품이 된 일기를 어떻게 할까 고민을 했다. 서랍에 그냥 둘까. 하지만 나중에 누가 열어 볼 수도 있지 않나. 누가 열어 보는 것은 모수가 원하지 않을 것이다. 그건 나도 원하지 않지. 수납장에 자물쇠를 채워두어도 좋을 테고 별도의 상자에 넣어두어도 좋을 거야. 하지만 둘다 내키지 않았다. "아무래도 밀폐된 곳에 종이를 두면 노트가 다 상할 거야. 뜨거운 온도 때문에 종이가 휘고 변색될 거야. 바닷바람이 스며드는 방이니까 더 쉽게 망가지겠지."

연은 생각했다. 301호에는 창문을 닫아두어도 공기가 스며들었다. 뜨거운 해풍이 이미 해변여관의 벽을 조금씩 갉아먹고 있었다. 해안선이 올라오기 전에 벽이 먼저 상할 거라고 연은 생각했는데 실제로 해변여관의 벽은 상해가고 있었다.

바다는 외롭고 넓고 무섭다. 연은 그것을 알고 있었다. 모수의 노트들은 조금씩 낡아가다가 벌겋게 빛이 바랠 것이다. 부식이 심할 것이다. 그러니까 한데 모아서 태울까, 하고 고민을 했다. 대개 유품이란 그렇게 처리하는 것이니까. 사람의 몸은 태워서 뼈만 남겨 보관을 하는데 노트 같은 것도 그렇게 하면 좋겠지. 노트에는 뼈가 없으니까 가루로 만들어 보관하는 것도 좋겠지. 연은 생각했다.

모수는 일종의 유언으로 "다 태워줘요."라고 말한 적이 있지만 정말 다 태워버리면 연이 견딜 수 없을 것 같았다. 예전에 책에서 읽은 막스 브로트라는 사람 생각이 났다. 막스 브로트는 프란츠 카프카의 대학 친구로 카프카가 자기 원고를 '모두 태워 달라'고 유언을 했는데도 그걸 지키지 않은 사람으로 유명했다. 별걸로 다 유명하구나 하고 연은 생각을 했는데 옆을 지나던 매니저가 "누가요? 누가 유명해요? 제가요?" 하고 웃으며 싱거운 장난을 치는 바람에 민망한 적이 있었다.

모수는 다른 물품들, 가령 서가의 책들이라든가

각종 문방구라든가 컴퓨터 같은 것은 스스로 미리 정리를 해두었다. 다 정리를 했는데 수납장의 노트들만은 그대로 남겨두었다. 통증에 시달리던 어느 날 "다 태워줘요."라고 말한 적이 있지만 어쩐지 일기는 그 대상에 포함되지 않는 것 같았다. 일기는 남에게 보여주기 위한 것이 아니라 자신이 보기 위해 적는 것인데 이제 볼 사람이 사라졌으니 좀 외롭겠지. 연은 그렇게 생각할 따름이었다.

게다가 노트가 사라지면 모수의 유령이 외로워할 것 같았다. 모수는 SNS를 하던 사람도 아니어서 온라인에도 아무런 흔적이 남아 있지 않았다. 익명 계정으로 활동을 했는지도 모른다고 생각해서, "모수 씨가 가령 누구나 다 아는 인플루언서라면 좋을 텐데." 하고 중얼거리기도 했지만 그러고 나서 연은 혼자 웃으며 또 중얼거렸다. "아아, 바보 같은 생각이잖아."

연은 모수의 유령에게 어떻게 할까, 하고 물어보았다. 모수의 유령은 예상대로 아무런 답도 해주지 않았다. 흐릿한 채로 허공에 떠서 반응이 없었다. 유령이 할 수 있는 건 그 정도라는 것 같았고 그건 사실이었다.

## 8. 천




천은 한나를 따라 사막으로 취재 여행을 간 적이 있다. '세계의 사막화'라는 다큐멘터리 프로그램이었다. 전 세계가 궁극적으로는 사막으로 변할 것이라는 연구 결과가 발표되었을 때 기획된 프로그램이었다. 한나의 팀은 북구 내륙지역을 맡았다. 한나가 아직 리포터로 활동할 때였고 천은 내레이터로 참여할 예정이었다.

그들은 8인승 푸르공을 타고 사막을 달렸다. 뜨거운 열기가 타이어를 달구고 창으로 햇빛이 한정 없이 쏟아졌다. 차창 커튼을 내리고 에어컨을 최대치로 올려도 열기를 막을 수 없었다. 사막을 걸을 때는 수건에 생수를 적셔 목에 감았지만 건조한 바람에 금방 말라버렸다. 나무도 없고 그림자도 없고 뜨거운 열기가 올라오고 태양열이 모든 것을 집어삼키는 느낌이었다. 사막이란 모래와 허무로 가득한 낭만적인 땅이 아니라 햇볕을 피할 곳이 없는 황무지라는 것 정도는 알고 있었지만 이건 정도가 심하다……라고 한나는 생각했다. 하늘을 바라보며 걷다가 한나가 이렇게 말했다.

"다음 구름에서 쉬어 가요. 구름이 그림자를 드리우는 곳에서."

천은 그것이 참 좋은 대사라고 생각했고 지금 쓰고 있는 모노드라마 대본에 넣으면 좋겠다고 생각했다. 모노드라마에 넣으면 언젠가 관객석의 한나를 바라보며 읊조릴 수 있을 것이었다. 체호프 드라마의 주인공처럼 고독한 목소리로 읊조릴 수 있을 것이었다. '다음 구름에서 쉬어 가요. 우리는 또 태양 아래에서 살아가야 하니까.'라고.

다음 구름에서 쉬어 가야 하는 것은 사실 한나가 아니라 천이었다. 천은 그때 '데칼코마니'라는 제목의 연극 공연을 마무리한 직후였다. 무대 좌우에서 두 명의 배우가 동일한 사건을 연기하고 동일한 대사를 읊는 형식의 실험극이었다. 살인 사건의 용의자로 지목된 두 사람이 무대 좌우에서 유사하면서도 다른 진술을 시작한다. 두 사람 중 한 명은 범인이고 다른 한 명은 무고한 사람이어서 관객들은 두 사람 가운데 누가 진범인지를 판별해야 했다. 무대의 좌우에서 동일한 사건이 재연될 때마다 두 배우의 대사와 표정과 리액션이 비슷하면서도 미세하게 어긋났는데 그때마다 사건의 전개는 조금씩 달라졌다. 미세한 차이들이 겹치고 겹쳐서 결국 완전히 다른 사건이 되는 것이었다. 관객들은 좌우의 무대를 데칼코마니처럼 관람하면서 동시에 좌우의 무대가 영원히 일치하지 못할 것임을 깨닫게 된다. 두 개의 평행세계처럼 영영 만나지 못할 것임을 알게 된다.

천은 우측 무대에 서서 핀 조명을 받으며 연기를 했다. 천은 좌측 무대의 배우가 하는 표정을 따라 했고 대사를 따라 했다. 좌측 무대의 배우는 스타 배우로 예명이 안토니오였고 연극배우로서는 드물게 소속사에서 관리까지 해주고 있었다. 그는 일정상 참여가 어려워 고사의 뜻을 밝혔다가 연출자의 끈질긴 섭외로 출연하게 된 케이스였다.

첫 공연이 끝나고 대기실로 돌아갈 때 천은 안토니오의 뒤를 따라 복도를 걸어갔다. 걸으면서 주의 깊게 안토니오의 걸음을 관찰했다. 그때 안토니오는 스스로를 방전된 배터리 같다고 느끼고 있었다. 공연은 초인적인 집중력을 발휘해서 무사히 마쳤지만 온몸을 감싼 약 기운 때문에 걸음이 흔들리고 있었다. 안토니오는 최근 불면증에 시달리고 있었고 멜라토닌 제제와 벤조디아제핀 계열의 약물과 중국산 고량주 없이는 잠에 들지 못했다. "3종 세트야, 3종 세트지. 이 셋을 한꺼번에 섭취하면 잠이 아주 잘 와요." 안토니오는 기회가 될 때마다 그렇게 떠들었지만 마음 한구석의 공허는 사라지지 않았다.

천은 안토니오의 발자국을 섬세하게 따라 밟으면서 걸었다. 그렇게 걸어가면서 "3종 세트야, 3종 세트지. 이 셋을 한꺼번에 섭취하면 잠이 아주 잘 와요."라고 중얼거렸다. 안토니오는 지하 1층의 복도를 걷다가 대기실이 눈에 들어오자마자 담배를 피워 물었다. 천도 안토니오를 따라 담배를 입에 물었다. 안토니오는 진짜 담배를 피웠고 천은 담배 피우는 시늉만 했다. 안토니오는 자기 뒤에 천이 따라오고 있다는 것을 알지 못했고 천은 자신이 안토니오를 왜 따라가고 있는 것인지 알지 못했다. 천의 행동을 목격한 사람은 아무도 없었는데 심지어는 천 자신도 자신이 그렇게 하고 있다는 것을 알지 못했다.

「데칼코마니」의 연출자는 천의 대학 선배로 천의 연기에 호감을 갖고 있었다. 하지만 뭔가 문제가 있다는 것을 알고 있었기 때문에 그는 공연이 끝난 후 천을 불러 말했다. "넌 탁월한 배우이기는 한데……"라고 연출자는 말끝을 길게 늘였다. 망설이는 표정을 짓다가 그는 어쩔 수 없다는 듯 입을 열었다. "메소드고 뭐고 연기는 연기일 뿐이야. 캐릭터가 돼버리면 곤란하다고." 곤란하다는 것을 강조하기 위해 연출자는 그 부분을 천천히 스타카토로 끊어 발음했다. 곤. 란. 하. 다. 고.

천은 슬픔에 빠진 인물을 연기할 때는 우울증을 앓았으며 광적인 인물을 맡았을 때는 무대를 내려

와서도 신경이 곤두서 있었다. 명랑하고 낙천적인 인물을 연기할 때는 극장 밖에서조차 조증 상태로 보였고 아픈 인물을 연기할 때는 정말 몸이 아프다고 호소했다. 연출자는 결론을 내렸다. 천은 연출자의 입술을 물끄러미 바라보았다.

"연기에 절제가 부족해."

연출자는 조금은 질책하는 어조로 말했다. 연출자의 말을 천이 반복했다.

"절제. 절제가 부족하다."

연출자는 답답한 표정으로 천을 바라보다가 허공으로 시선을 돌렸다. 연출자의 시선을 따라 허공을 바라보며 천은 다시 체호프의 배우처럼 중얼거렸다.

"절제. 절제가 필요하지. 절제가 필요하다. 하지만 그건 어떻게?"


한나는 천이 출연하는 작품은 꼬박꼬박 관람했다. 「바냐 삼촌」도 보았고 「에쿠우스」도 보았고 「데칼코마니」도 보았다. 작품들은 모두 훌륭하다고 할 만했지만 한나는 천이 연기를 그만두기를 바랐다. 연극으로는 생계유지가 쉽지 않다는 사실 때문이 아니었다. 돈은 한나가 벌면 된다. 하지만……

연기를 하는 것이 천에게 행복한 일이 아니라고 한나는 단정했다. 천은 언제나 몰입해 있고 몰입하는 사람은 대개 아름답다. 하지만 아름답다는 바로 그 점이 문제라고 한나는 생각했다. 천은 자신이 행복한지 아닌지 판단하려고 하지 않았다. 한나가 그런 말을 하자 천은 엉뚱한 얘기를 꺼냈다.

"절제. 절제가 필요하지. 절제가 필요하다. 하지만 그건 어떻게?"

한나는 천의 얼굴 사이로 또 다른 표정이 지나가는 것을 보았다. 밥을 먹다가 차를 마시다가 팔짱을 끼고 거리를 걷다가, 천은 다른 사람의 표정과 말투로 중얼거리곤 했다. 절제. 절제가 필요하지. 절제가 필요하다. 하지만 그건 어떻게?

자기도 모르게 대사를 치는 건가. 한나는 천의 표정과 말투가 낯설다는 데 생각이 미쳤다. 아아, 이건 내가 아는 사람의 표정과 말투가 아니다. 이것은 다른 종류의 인간이다. 다른 기억과 낯선 감정을 가진 존재이다. 내가 처음부터 다시 이해하고 적응해야 하는…… 타인이다. 한나는 천에게서 이물감을 느꼈고 이물감은 점점 자라났고 그것은 한나의 몸에서 오래 사라지지 않았다. 천에게 혼자 있는 시간이 필요하다는 것을 한나는 확신했다.

우연히 합석하게 된 연극판 술자리에서 한나는 천의 동료들이 하는 이야기를 들은 적이 있었다. 그들은 천에 대해 찬사를 늘어놓았다. 자살자 역할을 맡으면 죽음의 그림자를 얼굴에 품는 배우. 스크루볼 코미디를 시작하면 조증 환자에 가까워지는 배우. 19세기 연극의 주인공을 맡으면 침울하고 권태롭고 공허한 욕망의 노예가 되는 배우. 무대 바깥에서도 무대 위의 삶을 살아가는 배우……

동료들은 호평을 한 셈이지만, 한나는 다른 생각을 하고 있었다. 천은 자신이 맡은 역할에 빠져들어 헤어 나오지 못하는 사람이다. 말하자면 사로잡힌 사람이다.

천에게 그것을 단도직입적으로 말한 적이 있었다. 전에 없이 무더운 겨울이었고, 겨울이었지만 폭우가 쏟아지는 날이었다. 비를 맞고 돌아오면서 한나는 천에게 말했다.

"나는 당신을 만나러 온 거잖아. 그런데 지금 당신을 차지하고 있는 것은 다른 존재인 것 같아."

천은 별다른 대답 없이 한나를 빤히 바라보았다. 한나도 그를 빤히 바라보다가 다시 말했다.

"나는 그것을 견딜 수 없어."

천은 거울을 바라보듯이 물속의 물고기를 바라보듯이 실은 물고기가 아니라 물에 비친 자기 자신을 바라보듯이 한나의 얼굴을 바라보았다. 그렇게 약간의 시간이 지나면 천의 얼굴에 서서히 한나의 표정이 떠올랐다. 빗물이 그의 얼굴에 사선을 그으며 흘러내렸다.

그 무렵 천은 모노드라마를 준비하고 있었는데 제목은 '침잠'이었다. 연출자는 천이 뭔가 이상하다고 생각했다. 대본 리딩할 때부터 그랬지. 딕션은 자연스럽고 유려하지만 리딩이 끝난 뒤에도 어조를 바꾸지 않잖아. 연출자는 그렇게 생각했다.

연출자는 50대에 접어든 뒤 자신의 연극 인생에 피로감을 느끼고 있었다. 문화재단의 지원에 의지해야 하고 매 계절 지원신청서를 써야 한다. 자신의 기획을 그럴듯한 문장으로 포장해야 하고 성취를 과장해야 한다. 정부가 북방으로 이주한 뒤에는 문화 예산마저 급격하게 삭감되고 있었다. '작은 정부' 운운이 근거였다.

사실 연출자는 방위업체에 나가는 아내 덕에 생계에 문제가 없었다. 경제적인 것은 걱정하지 말라고 아내는 그에게 힘을 실어주었다. 하지만 아내는 그가 실제로 경제적인 것에 대해 걱정을 하지 않자 왠지 모를 상실감과 함께 희미한 불만을 느꼈다.

그 무렵 연출자가 진실로 걱정했던 것은 자신이 더 이상 연극에 애정을 느끼지 못한다는 점이었다. 그는 자신이 아무것에도 몰두하지 못한다고 생각했고 단지 시간에 잠식되고 있다고 느꼈다. 연출자는 '침잠'이라는 모노드라마가 자신의 마지막 작품이 되리라는 것을 알았다.

그 무렵 한나는 방송사를 나왔다. 온라인이라든가 케이블 방송 쪽에서 직장을 찾을 수도 있었지만 그렇게 하지 않았다. 천은 천의 세계에서 살아갔고 한나는 자신의 세계에서 살아가지 않았다. 한나는 속보를 전하다 얼굴을 일그러뜨리고 웃음을 터뜨린 그 순간을 기억했고, 다시 그곳으로 돌아가고 싶지 않았다.

혼자 차를 몰고 가서 천의 공연을 먼발치에서 관람한 후 말없이 돌아오는 것이 한나의 유일한 외출이었다. 천은 「살로메」도 하고 「첸치 일가」도 했다. 「에쿠우스」에서는 소년 알런을 치료하는 의사가 되었고 「살로메」에서는 살로메가 베어버린 요한의 잘린 목이 되었으며 「첸치 일가」에서는 딸 베아트리체를 겁탈하는 잔혹한 영주가 되었다. 공연이 끝난 뒤에도 천은 광기에 매료된 의사의 얼굴에서 벗어나지 않았고 잘린 목의 푸르스름한 침묵에서 벗어나지 않았고 잔혹하고 완고한 봉건영주의 표정에서 벗어나지 않았다.

"연기가 문제가 아니야. 일단 진료를 받아봐."

연출자는 천에게 말했다. 천은 개성적인 연기자지만 더 이상 자신과 함께 일할 수는 없을 거라고 말했다. 그것은 일종의 통보였고 선언이었다. 연출자는 이미 연극을 떠나서 살기로 마음먹었는데 그렇다는 말을 천에게 하지는 않았다. 천은 연출자의 얼굴을 물끄러미 바라보다가 순순히 고개를 끄덕였다.

각자 혼자 있을 시간이 필요하다는 한나의 말을 이해하지 못했지만 천은 이번에도 역시 순순히 수긍했다. 실제로 천은 한순간도 혼자 있지 않았다. 천은 세일즈맨과 바냐 아저씨와 심지어는 텔레비전의 기상 캐스터와 함께 있었다. 한나는 천에게 느끼는 이물감에 대해서는 말하지 않았다.

한나가 떠난 후 천은 황량한 해안 도로를 달리고 싶었다. 바다는 아름답지 않고 낭만적이지 않고 그립지 않겠지만 어쩐지 더 피폐하고 가혹하고 무정한 바다를 보고 싶었다. 바다는 황량할수록 바다 같을 것이었다. 바다는 두려울수록 바다 같을 것이었다. 바다는 모든 것을 집어삼킬수록 바다 같을 것이었다. 천은 구형 SUV의 뒷좌석에 캐리어를 던져 넣었다. 한나의 엑스가 사는 곳이 무도라는 것은 생각하지 않았다.

## 9. 연

연은 바닷가에 커다란 드럼통이 놓여 있는 곳을 알고 있었다. 바위들이 많고 테트라포드가 방치돼 있는 황량한 해안이었다. 더운 바람이 바위 사이로 지나다녔다. 이런 곳에 오면 마음이 즐거웠던 사람도 아까는 무엇이 즐거웠던가 하고 의기소침해질 것이었다. 끈적이는 공기가 피부에 달라붙어 양서류처럼 침울해질 것이었다.

구청에서는 어째서 이런 곳에 조깅 코스를 만들고 군데군데 운동기구를 설치하나. 연은 의아했다. 어째서 이런 곳에 폴리우레탄을 깔아 조깅 코스를 만들고 운동기구들을 설치하나. 조깅을 하는 주민도 없고 관광객들도 거의 없는 황량한 곳에 어쩌려고. 이제는 침식이 진행되어 방파제조차 만들 수 없는 곳에. 점점 사라지는 해변에.

해변여관 옆의 칼국숫집 주인도 그런 생각을 하고 있었다. 그는 그냥 생각만 하지 않고 구청에 전화를 걸어 직접 문의를 했다. "조깅 코스를 만들고 운동기구를 놓아주셔서 감사합니다. 감사합니다만……"

칼국숫집 주인은 조깅을 하는 주민도 없고 관광객들도 별로 없는 곳에 폴리우레탄을 깔고 운동기구를 설치한 이유가 무엇인지 물었다. 구청 담당자는 조깅을 하는 주민도 없고 관광객들도 별로 없는 곳이기 때문에 폴리우레탄을 깔고 운동기구를 설치한 것이라고 대답했다. 조깅 코스라도 있고 운동기구라도 있어야 주민들이 조깅을 하고 관광객들이 방문할 것이라는 얘기였다. 칼국숫집 주인은 그렇다면 더욱 외람된 말씀이지만, 조깅 코스를 만들고 운동기구를 놓으셨다면 사후 관리도 부탁드린다고 말했다. 조깅 코스의 폴리우레탄이 벌써 벗겨지고 운동기구들이 녹이 슬어 흉물이 되어가고 있다고도 말했다. 그래서 그곳을 산책 코스로 생각하던 주민도 산책을 그만두고 지나가던 관광객도 그냥 지나가고 있다고 말할 때는 스스로 흥분이 되어 목소리의 톤이 조금 높아졌다. 담당자는 차가운 목소리로 대꾸했다. "그 시설들은 사실 시청 지원으로 설치한 것이고요. 저희는 그냥 업체 선정만 한 거예요. 그러니까 그런 말씀은 여기 말고 시청에 전화해서 하시라고요. 아시겠어요?" 담당자는 그렇게 말하고 전화를 끊었다. 일방적으로 끊었다.

칼국숫집 주인은 쌀쌀맞은 공무원에 대해 민원을 제기할까 생각했지만 그 사람에게도 애환이 있겠지, 아내가 자기를 떠났다든가 아이가 사고로 죽었다든가 변이가 시작되어 몸이 안 좋아지고 있다든가 하는 애환이⋯⋯라고 생각하고는 민원 제기를 하지 않기로 했다.

"정말 그래서 하지 않기로 했다니까요."

칼국숫집 주인은 연에게 그 이야기를 하면서 한탄을 했는데 거의 울 듯한 표정이었다. 왜냐하면 주방을 보던 아주머니가 그 무렵 일을 그만두고 떠났기 때문이었다. 칼국숫집 주인은 아주머니가 떠날 때 퇴직금을 쥐여주면서 눈물을 흘렸다. 그는 자신이 인생의 마지막 사랑을 떠나보내고 있다고 느꼈으며 더 이상 사랑의 감정을 느끼지 못한 채 세상을 뜨게 되리라고 생각했다. 그 생각은 옳은 것이었다. 그는 살아생전에 더는 사랑을 해보지 못하고 몇 년 후 사망하게 된다.

연은 해안가의 공터로 갔다. 운동기구들이 설치된 폴리우레탄 코스에서 꽤 떨어진 곳이었다. 해조류가 얽힌 테트라포드가 방치돼 있고 그 옆으로 타다 만 드럼통이 있었다. 누군가 드럼통 안에 장작을 넣고 불을 피워서 쓴 흔적이 있었다. 인근의 조깅 코스 공사 때문에 인부들이 사용하고는 뒤처리를 하지 않은 듯했다.

태울 곳은 찾았지만 해변여관 301호에 있는 노트들을 가져와 정말 태울지는 아직 결정하지 못했다. 301호의 수납장 서랍을 열고 노트들을 자루에 담고 차에 실어 이곳으로 가져오면 되겠지만 어쩐지 내키지 않았다. 연은 해안가의 드럼통 앞에 혼자 오래 서 있었다. 수평선에 해가 질 때까지 서 있었다. 무슨 생각을 하다가 무슨 생각을 했는지 모르게 생각이 다 사라질 때까지 그렇게 서 있었다.

연은 그냥 여관으로 돌아왔다. "모수 씨의 일기를 버릴 권리가 나에게 있는가." 그런 문제를 연은 생각하고 있었다. "누군가 결정을 해주면 좋을 텐데. 모수의 유령이 대답해주면 좋을 텐데." 연은 그렇게 생각하면서 집으로 돌아왔다. 그 생각을 모수의 유령이 옆에서 듣고 있었다.

그날 밤에 연은 모수가 있었을 때처럼 소파에 앉아 텔레비전을 시청했다. 지역 방송국에서 송출하는 자정 뉴스가 흘러나오고 있었다. 도지사의 연설 내용을 소개하면서 아나운서는 어쩐지 울음을 터뜨릴 것 같은 표정이었다. 그가 정말 울음을 터뜨릴 것 같아서 연은 불안했다. 아나운서는 아마도 곧 경질될 것 같았다. 총리가 바뀌고 도지사가 취임하자마자 도에서는 사건 사고가 잇따랐다. 비가 내리면 수해가 났고 사람이 모이면 인재가 났는데 그냥 사건 사고가 아니라 부실한 행정과 안이한 대응 탓이라는 게 명백했다. 그런 비난에 대해 도지사는 적극적으로 반박을 하고 있었다. 사태를 자꾸 정치화시키지 말고 사회 불안과 혼란을 야기하지 말라는 도지사의 코멘트가 소개되었다. 사회 분야에서는 전국 각지에서 변이 환자가 늘어나고 있다는 소식이 이어졌는데, 무도에서도 두 구의 시신이 발견되었다고 했다. 이들은 방송사의 전직 아나운서 커플로 침대에서 손을 잡은 채 고요한 모습으로 발견되었다는 내용이었다.

다음 날 연은 다시 해안가에 갔다. 양서류처럼 끈적이는 공기가 피부에 흡착되어 걷기가 힘들었다. 모수의 노트 대신에 몇 안 남은 모수의 옷들을 트렁크에 넣어 가져갔는데 양이 많지 않아서 그게 더 우스웠다. 해변여관이라는 작은 글씨가 날염된 티셔츠, 카디건과 청바지, 바람막이 같은 것들이었다. 가져온 옷들을 드럼통에 넣지 못하고 또 멍하니 서 있는데 수평선 쪽으로 해가 저물고 있었다. 해가 저물고 있었으므로 연은 마침내 옷을 드럼통에 넣고 불을 붙였다. 얼굴에서 땀이 흘러내렸다.

휘발유를 뿌리지 않아서 그럴까, 불길이 사납지는 않았다. 조용하고 정갈하게 타오르다가 시간이 지나면 천천히 잦아들겠지. 드럼통 속의 불길을 바라보며 연은 결정을 했다. 결정을 한다고 생각했지만 말이 되어 튀어나왔다. "노트들은 태우지 않는 게 좋겠어." 아무래도 노트는 그냥 수납장에 두는 게 좋을 것이다. 습도가 높고 기온이 높아서 노트들이 다 상해버리더라도 수납장에 그냥 두는 게 좋을 것이다. 글씨들이 희미해지고 젖어들고 알아볼 수 없게 되더라도 그냥 두는 게 좋을 것이다. 연은 그렇게 생각했다. 생각을 했다. 그게 좋겠다고 연은 다시 생각을 했다.

"모수의 유령이 노트를 볼 수도 있잖아. 유령도 그런 것에 관심을 갖는다면 말이지만. 노트가 있다는 것만으로도 위로가 될지도 몰라. 모르지. 노트가 그냥 있다는 것만으로도. 말하자면······ 누가 이어서 쓸지도 모른다고. 모수의 유령이라든가 나 같은 사람이라든가 또 다른 누군가."

예전에 연은 모수가 무얼 쓰는 것을 보고 "무얼 써요?" 하고 물어본 적이 있는데 "날씨하고 기온

하고 파도하고 손님하고 그런 걸 써요."라고 모수가 대답했던 것을 떠올렸다. 펼쳐놓은 노트를 물끄러미 바라보면서 연은, "날씨하고 기온하고 파도하고 손님하고 그런 걸 기록할 필요는 없잖아요."라고 말하고는 하하하, 웃었는데 모수는 물끄러미 연을 바라보기만 하고 따라 웃지는 않았다. 그게 서운했다.

301호에서 모수가 앉아 있던 의자에 앉아보았다. 현실이고 생시였으니까 꿈은 아니었다. 의자에 앉아서 책상에 놓여 있는 노트를 열어 보았다. 모수의 노트. 모수의 일기. 연은 최근 날짜부터 예전 날짜까지 차근차근 읽어가기 시작했다. 거꾸로 읽어가기 시작했다. 모수의 유령이 옆에 있었지만 말리지 않았다.

파도의 빛깔은 어제에 비해 조금 더 진한 색으로 변함. 바람의 방향이 바뀜. 5도쯤. 6도쯤. 하늘의 구름이 많은 날. 방향은 북서쪽.

모수의 노트에는 모수의 감정이나 감상이나 생각이 아니라 사실들만이 적혀 있었다. 사실이 아닌 것은 적혀 있지 않았다. 집요하게 사실들만이 적혀 있었다. 그날의 기온과 그날의 습도와 그날의 모든 것이라고 할 만한 숫자들이 적혀 있었다. 그날의 기온과 그날의 습도와 그날의 모든 것 속에서 모수가 무엇을 했는지 무엇을 보았는지 무엇을 들었는지 적혀 있었다. 창문을 열고 본 것들. 파도의 빛깔, 밀물의 위치, 바람의 방향 같은 것들. 구름의 빛깔, 구름의 높이, 비의 양 같은 것들. 오늘의 할 일, 오늘의 한 일, 그리고 오늘의 꿈 같은 것들.

모수는 그날 내려 마신 커피의 향을 기록하고 그날 걸려온 전화의 내용을 기록하고 심지어 주요 뉴스의 내용을 기록했다. 연과의 대화를 식사 때 섭취한 것을 자신의 몸에서 일어나는 변화를 적었다. 무얼 먹어도 그게 맛있다거나 맛없다거나 하는 코멘트는 없었다. 소금이 과다하게 포함되었다는 문장은 있었다. 짜다거나 시다고는 적었지만 불안하다거나 기분이 좋다거나 사랑한다거나 증오한다는 식으로는 적지 않았다. 예전에 공무원으로 근무할 때도 그런 식으로 모든 것을 기록했다는 것을 연은 알고 있었다.

해변여관의 창밖으로 파도가 밀려오고 파도가 밀려가고 그랬는데 풍경들은 그냥 그곳에 오랫동안 있는 것이었고 모수는 단지 그것을 기록하는 사람이었다. 성실하게 오랫동안 일기를 써온 사람으로서 그것을 기록하는 사람이었다.

SNS에 올리면 어떨까. 그런 생각이 떠오르지 않은 것은 아니었다. 기록은 모수의 삶이고 모수의 삶은 기록이다. 모든 기록은 사적이기도 하고 공적이기도 해서 모수가 노트에 쓴 것 중에 그걸 구분하려면 시간이 필요할 것이다. "그걸 누가 어떻게 구분하는가 하면 바로 내가 해야지. 내가 천천히 해야지." 연은 그렇게 중얼거렸지만 자신이 그것을 과연 할 수 있을지 판단할 수는 없었다. 형사의 취조가 다시 시작될지도 모르고 모든 것이 계획적이었다고 비난할지도 모른다. 연은 그런 것은 괜찮을 거라고 생각했다. 중년의 형사는 혼자 앉아서 육개장에 밥을 말아 먹고 소주까지 마시는 사람이니까 그런 것은 괜찮을 거라고 생각했다.

옷은 양이 많지 않았는데도 태우는 데 시간이

오래 걸렸다. 타오르다가 사그라드는 옷가지를 연은 가만히 바라보았다. 옷이 다 탈 때까지 드럼통 곁에 서 있었다. 타오르는 드럼통 곁에 서 있으니 양서류처럼 온몸이 미끈거렸는데 갑자기 전쟁이 나면 어쩐지 공평할 것 같은 느낌이 들었다. 혼자 죽는 건 싫지만 다 같이 죽는 거라면 오케이지. 그런데 그런 생각을 하는 사람들이 꼭 총을 들고 살인을 저지른다. 연은 생각했다.

모수는 일상을 살아가는 자신과 일기를 쓰는 자신이 일치하기를 바라는 사람 같았다. 모든 것을 적지 않으면 안 된다고 생각하는 사람 같았다. 하루의 삶을 기록하기 위해 일기를 쓰는 것이 아니라 일기를 쓰기 위해 하루를 사는 것 같았다.

"일기를 쓰는 시간이 너무 길어지면 곤란하지 않을까. 여관 일은 누가 하나." 연은 그렇게 중얼거리면서 웃었다. "살아가는 시간과 일기를 쓰는 시간이 동일해질 수는 없잖아. 일기를 쓰는 시간이 하루를 살아가는 시간과 일치한다면 대체 일기란 무엇인가?" 연은 그렇게도 중얼거렸고 이번에는 웃지 않았다. 연은 결국 모수의 유령에게 단도직

입적으로 물어보았다.

"하루의 대부분을 일기 쓰는 데 보내면 어떡해
요."

모수의 유령이 연을 바라보았다. 연은 다시 모
수의 유령을 향해 말했다. 다소 화가 난 표정이었
다.

"내가 보기에 그건 이상한 일예요. 그건 누가 봐
도 이상한 일예요. 모수 씨가 스스로 보기에도 그
럴 거야. 그렇지 않아?"

연은 마치 모수가 앞에 있는 것처럼 말했다. 정
말이지 모수는 일기를 쓰고 나서 일기에 사로잡힌
사람 같았다. 사로잡힌다고? 그렇지. 사로잡히는
거지.

모수는 무엇을 생각해서 무어라고 말을 하는 것
이 아니라 무어라고 말을 했기 때문에 무엇을 생
각하는 사람 같았다. 말을 하고 그 말을 지키기 위
해 행동하는 사람 같았다. 노트에 그렇게 적었기
때문에 그렇게 살아야 하는 사람처럼, 모수는 살
아갔다. 모수의 노트를 읽어가면서 연은 그렇다는
것을 알았다.

모수는 생활을 하고 생활한 것에 대해 일기를 쓰는 것이 아니라 일기를 쓴 이후에야 생활을 하는 사람 같았다. 책을 읽고 마트에 가고 옥상을 청소하고 어구들을 정리했다고 적은 뒤에 모수는 책을 읽고 마트에 가고 옥상을 청소하고 어구들을 정리했다. 산책을 하고 밥을 지어 먹고 자료를 방송국에 발송했다고 쓰고 나서 모수는 산책을 하고 밥을 지어 먹고 자료를 방송국에 발송했다. 아마도 모수는 서서히 상해가는 자신의 몸을 물끄러미 바라보았을 것이다. 이제 곧 걷잡을 수 없어질 것이라고 예감했을 것이다. 그러므로 모수는 미리 죽음에 대해 길게 적은 뒤에 죽음을 맞이했을 것이다.

드럼통에 옷을 태우고 온 날 밤에 연은 모수의 유령이 책상 앞에 앉아 있는 것을 보았다. 모수가 아니라 모수의 유령이 책상 앞에 앉아서 무언가를 쓰고 있는 것을 보았다. "아마도 일기를 쓰는 모양이구나." 연은 생각을 했다.

모수의 유령은 밤이 새도록 일기를 쓰고 아침에 일어나자마자 또 일기를 쓰는 것 같았다. 세수도 하지 않고 밥도 먹지 않고 일기를 쓰는 것 같았다. 그냥 그렇게 할 때가 되었으니까 그것을 하는 사람의 표정으로. 평온한 표정으로.

연은 모수의 유령이 쓴 일기를 읽어보았다. 일기는 대체로 지루하고 산만하고 좀 이상한 문장들로 돼 있었지만 어쩐지 스르르 읽혔다. 아마 유령이 쓴 것이라서 그렇겠지. 모수의 유령은 모수의 일기를 이어서 쓰고 있었는데 도입부는 이러했다.

'모수가 세상을 뜬 후 간소하게 장례식을 치렀다. 입원했던 병원의 장례식장에서 계약서를 쓰고 수의와 관을 골랐다. 쓸데없이 호화로운 수의나 관을 팔아먹는 업주들이 있다고 했다. 살아 있을 때 모수가 뉴스를 보고 한 말이었는데, 이제 모수가 죽은 뒤에 그 말을 떠올리고 있으니 묘하다는 생각이 들었다. 연은 중간 가격대의 수의와 관을 선택하고 조문객들에게 대접할 음식 세트를 골라 주문했다. 도우미도 불렀다.'

연은 모수의 유령이 쓴 글을 찬찬히 읽어나갔다. 길고 지루한 글을 끈질기게 읽어나갔다. 연은 서점에서 일한 적이 있고 다독가였지만 지금은 아

니다. 글을 읽는 것 자체가 오랜만이었으므로 힘
이 들었지만 끈질기게 읽어나갔다.

# 10

나는 해변여관 옥상에 서서 바다를 바라보았다. 모수의 유령으로서 연의 곁에 서서 바다를 바라보았다. 지금은 유월이고 아직 여름이 오지 않았는데 이미 바다는 달구어지고 있었다. 먼 데서 또 낯선 태풍이 올라오는 중이라고 했다. 유월에 웬 태풍이……라고는 생각하지 않았다. 예측하지 않은 일들이 자꾸 일어난 지는 이미 오래였으니까.

"그러니까…… 망망대해라는 건 무엇일까요." 라고 연은 생각을 했는데 실은 생각을 한 것이 아니라 중얼거린 것이었다. 옥상에서 담배를 피우며 난간에 팔을 괴고 서서 오른발과 왼발을 살짝 교차시킨 채 담배를 피우며 중얼거린 것이었다. 모수가 불현듯, "다음 구름에서 쉬어 가요."라고 말하면 좋을 것이라고 연은 또 생각했는데, 모수가 그렇게 말한다면 그것은 모수가 '다음 구름에서 쉬어 가요.'라고 적었다는 뜻이다. '다음 구름에서 쉬어 가요.'라고 하지만 그게 무슨 뜻인지 연은 정확히 알지 못했다. 왜냐하면 그것은 모수의 유령으로서 내가 일기에 적은 문장이었기 때문이다. 연은 다음 구름에서 쉬어 간다는 것은 참 좋은 말이라고 생각할 따름이었다.

옥상에서 담배를 피우며 연이 그렇게 중얼거렸을 때는 천도 옆에서 담배를 피우고 있었다. 같이 수평선을 바라보고 있었다. 연은 옥상 난간에 팔을 괴고 서서 오른발과 왼발을 살짝 교차시킨 채 담배를 피우고 있었고, 천도 옥상 난간에 팔을 괴고 서서 오른발과 왼발을 살짝 교차시킨 채 담배를 피우고 있었다. 나도 그렇게 서서 담배를 피우는 자세를 하고 있었다. 해변여관 상공에 구름이 떠 있었다. 구름이 드리운 그림자 아래서 천이 중얼거렸다.

"다음 구름에서 쉬어 가요."

연의 중얼거림을 따라서 천이 중얼거렸다. 언젠가 자신이 해본 말이라는 생각이 들었다. 원래 그 말을 한 것이 한나였다는 생각은 떠오르지 않았다. 연의 중얼거림이 듣기에 좋았고 듣기에 좋은 것은 따라 하기에 좋을 따름이었다.

천이 제 말을 따라 중얼거리는 것을 듣고 연이 그를 바라보았다. 천도 연을 바라보았다. 두 사람은 그렇게 서로를 바라보다가 다시 수평선 쪽으로 시선을 돌렸다. 수평선 너머의 망망대해를 물끄러미 바라보았다. 연은 몽상가도 아니고 생물학자도 아니고 옛사랑을 추억하는 사람도 아니고 단지 살아가는 사람이었는데, 그것은 천도 마찬가지였다.

# 소문자 '나'들과 의아한 세계

양윤의

결국 그런 순간을 위해 쓰는 것인지도 모른다. 인물이 내 머릿속의 캐릭터에서 벗어나 나를 향해 돌아서는 순간을 위해. 인물이 낯선 시선으로 나를 바라보는 순간을 위해.

나는 문득 그에게 묻게 된다. 넌 대체 누구냐.

그러면 이상하다는 표정으로, 글자들 속에 멍하니 서서, 나를 바라보는 사람이 거기 있다.

의아한 표정으로,

전적으로 무능력한 신을 바라보는 얼굴로.

—이장욱, 「평행우주의 순간」[1]

친애하는 교수님

마침내 저는 신보다는 더 바젤의 교수로 살고 싶었습니다. 하지만 신의 일인 세계창조를 소홀히 할 만큼 제 개인적 이기주의를 그리 심하게 밀고 나갈 수는 없었습니다. 아시다시피 사람은 어디서 어떻게 살든 희생할 줄 알아야 합니다. (중략) 제가 처음 하는 나쁜 농담 두 개를 들어보세요. 프라도 사건을 너무 심각하게 받아들이지 마세요. 제가 바로 프라도입니다. 저는 또 프라도의 아버지이기도 합니다. 감히 말하지만 또한 저는 레셉스입니다. ……저는 또 상비주입니다. 또 다른 정직한 범죄자 말입니다. 두 번째 농담: 저는 불멸의 존재에게 경의를 표합니다. ……불쾌하고 제 신중함을 불편하게 만드는 것은 기본적으로 제가 역사 속의 모든 이름이라는 사실입니다. 이번 가을에 가능한 한 가볍게 입고 저는 두 번이나 연속으로 제 장례식에 참석했습니다. 첫 번째는 로빌란트 백작으로 참석했지만(아니 더 깊은 본

---

1) 이장욱, 『영혼의 물질적인 밤』, 문학과지성사, 2023, 36쪽(강조는 인용자).

성에서 저는 카를로 알베르토이기에 그는 제 아
들입니다), 제 자신은 안토넬리였습니다. 친애하
는 교수님, 당신은 이 건축물을 보셔야 합니다.

— 니체의 마지막 편지 중에서[2]


이장욱이 설계한 낯선 행성에 착륙하기 전에 약
간의 우회로를 거쳐보자. 수數에는 '허수虛數'라는
불가사의한 수가 있다. 하나, 둘, 셋과 같이 셀 수
있는 수를 자연수라 한다. 자연수에 0과 뺄셈부호
를 붙인 음수를 합쳐 정수라 한다. 정수와 분수를
합쳐 유리수라 하고 유리수와 무리수를 합쳐 실수
(實數, real number)라고 한다. 허수는 '제곱해서
음수가 되는 수'를 말한다. 허수는 실제로는 존재하
지 않는 이상한 수다. 1을 제곱하면 1이 되고 -1을
제곱하면 역시 1이 되기 때문에, 제곱해서 -1이
되는 수, 다시 말해 제곱근 기호 루트를 씌운 $\sqrt{-1}$
은 실수 체계에서 '존재하지 않는 수'이다. 허수는
'상상의 수'라는 의미에서 imaginary number(불

2) 조르주 디디-위베르만, 『잔존하는 이미지: 바르부르크의 미술사
와 유령의 시간』, 김병선 옮김, 새물결, 2022, 175쪽에서 재인용.

어로는 nombre imaginaire)라 부르고 기호로
는 $i$로 적는다. $i^2=-1$이다. 허수는 그 기묘함 때
문에 오랫동안 받아들여지지 않았다. "imaginary
number(허수의 어원)"라는 이름을 처음 붙인 데
카르트 역시 그것의 실체를 인정하지 않았다. 상
상의 수란 이름에는 그 수가 현실적인 존재가 아
니라는 뜻이 내포되어 있다. 그런데 2차방정식에
는 실수로는 답을 구할 수 없는 문제가 있었다.[3]

  허수의 존재가 본격적으로 받아들여지게 된 것
은 허수와 실수를 더한 수(복소수라 부른다)를 좌
표상에 표기할 수 있는 방법이 개발되고부터이다.
실수를 수평 방향의 $x$축에 배열하고(원점을 기준

3) 이탈리아의 수학자 지롤라모 카르다노는 『아르스 마그나Ars
Magna』(1545)라는 책에서 '더해서 10, 곱해서 40이 되는 두 수는
무엇인가'라는 문제를 내고는, 이 답으로 '$5+\sqrt{-15}$'와 '$5-\sqrt{-15}$'를 들
었다. 하지만 카르다노 역시 이 해가 궤변에 불과하다고 하여 허수
의 존재를 받아들이지는 않았다. 카르다노의 해는 다음과 같다. 더
해서 10이 되고 곱해서 40이 되는 두 수를 '$5+x$'와 '$5-x$'로 놓으면
$(5+x)\times(5-x)=40$이 되고 이를 $5^2-x^2=40$으로 고쳐 쓸 수 있다. $x^2$
는 -15이므로 $x$는 제곱해서 -15가 되는 수, 즉 $\sqrt{-15}$가 된다. —뉴
턴프레스, 『허수란 무엇인가?』(완전 개정판), 아이뉴턴(뉴턴코리
아), 2020, 56-57쪽. 이 글에 소개된 허수에 대한 설명은 일본의 수
학자 기무라 슌이치의 설명에 큰 도움을 받았다.

으로 오른쪽이 양수, 왼쪽이 음수다), 허수를 수직 방향의 $y$축에 배열하여 평면에 나타낸 것이다.[4] 이를 허수와 실수를 더한 복소수를 나타낸다는 뜻에서 복소평면이라 부른다. 허수가 시민권을 얻고 복소수라는 개념이 정착된 것은 현대 과학을 성립시킨 중요한 사건에 속한다. 빛의 굴절에서 천체의 공전주기까지, 프랙털이론에서 상대성이론까지, 양자역학에서 빅뱅의 초기 우주에 대한 설명에 이르기까지 복소수는 많은 계산에서 핵심적 역할을 맡고 있다. 실수만이 아니라 허수 역시 우리 우주를 지탱하는 불가결한 수였던 것이다. 허수와 실수의 관계를 직관적으로 이해할 수 있게 해주는 유명한 그림이 있다.

〈도식 1〉은 복소평면이다. 실수를 나타내는 가로축의 오른쪽 +1에서 출발해서 $i$를 곱하며 화살표의 방향인 시계 반대 방향으로 90도씩 딸깍 옮겨가 보자. 실수 +1에 허수 $i$를 곱하면 허수 $i$가 된다. 허수 $i$를 제곱하면 -1이 된다(이것이 허수의

4) 복소수 $z$는 $z = a + bi$의 형식으로 표기될 수 있다.

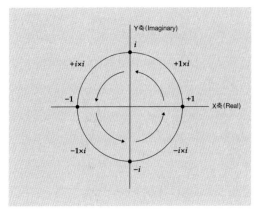

〈도식 1〉

정의다). -1에 $i$를 곱하면 $-i$가 되고, 이는 $i$를 세
제곱한 값이다. 여기에 다시 $i$를 곱하면, $i$를 네제
곱한 값은 출발점인 +1로 되돌아온다.

　이장욱이 펼쳐 보여준 우주를 이해하기 위해서
약간의 우회로를 거쳐 왔으나, 한 번만 더 우회로
를 걸어보자. 수의 세계에서 정수를 인간이라 생각
해보자. 그러면 우리에게 익숙한 실수의 세계가 펼
쳐질 것이다. +1이 한 사람이라면, -1은 지금 존재
하지 않는 사람, 이를테면 죽은 사람일 것이다. 그
런데 실수만으로 표기할 수 없는 존재들이 있다.

가령 이 글의 서두에 인용한 이장욱의 산문에 등장하는 '소설 속 등장인물'이 그러하다. 저 인물은 작가가 창조(창작)한 픽션 속 인물이다. 인물을 살릴 수도, 죽일 수도 있다는 점에서 작가는 일종의 조물주다. '나'는 작품이라는 우주의 바깥에 있으나 이 작품에 불가사의한 힘을 행사한다. 그런데 어느 날 작가는 기이한 깨달음을 얻는다. 인물이 작가의 "머릿속의 캐릭터에서 벗어나 나를 향해 돌아서는 순간"이 있다는 것! 소설 속 인물이 펜을 든 작가('나')의 손아귀를 벗어나 독자적으로 존재하는 순간, 그 인물이 "낯선 시선으로 나를 바라보는 순간" 말이다. 작가는 묻는다. "넌 대체 누구냐?" 나의 머릿속에서 벗어나, 이야기라는 기이한 공간 속에서 독자적으로 존재하는 당신은 누구인가. 저 인물 역시 의아한 표정으로 작가를 응시하며 동일한 질문을 할 것이다. 저 인물은 현실에서는 존재하지 않는다. 그러나 인물은 작가의 머릿속 상상 속에만 갇혀 있지 않다. 인물은 작가의 머릿속을 이미 벗어나 있다. 이상한 공간에서 명백히 존재하는 존재이다. 따라서 소

설 속 공간은 현실의 좌표($x$축)를 벗어난 허수의
좌표($y$축)로 표시될 수 있고, 이야기 속 인물은
$i$로 표기될 수 있을 것이다.

두 번째 인용문은 니체가 미술사가 야콥 부르
크하르트에게 쓴, 니체가 생전에 쓴 마지막 편지
(1989년 1월 6일)의 일부이다. 이 무렵은 니체가
온전한 정신으로 처신했던 마지막 순간이기도 하
다. 1월 3일, 니체는 토리노광장을 산책하다가 광
장에서 채찍질당하던 말의 목을 끌어안고 울면서
쓰러졌다. 이 무렵 니체는 생명의 마지막 불꽃을
태워서 '디오니소스'나 '십자가에 못 박힌 자'라고
서명한 여러 통의 편지를 썼으며, 그 편지를 끝으
로 정신의 빛을 꺼버리고 망가진 육신 속에 숨어
버렸다. 니체는 1900년에 사망했지만 그의 정신
은 이미 이때 죽음을 맞았다고 보아야 한다. 어릴
때부터 그를 괴롭힌 뇌종양이 마침내 그의 머릿
속을 정복했던 것이다. 그가 자신을 '디오니소스'
혹은 십자가의 그리스도라 일컬을 때, 혹은 편지
에 나오는 여러 인물(이들은 당시에 알려졌던 살
인사건의 범죄자, 외교관, 정치인, 건축가, 국왕이

다. 한마디로 모든 사람들이다)이 자신이라고 말할 때, 니체는 신화와 "역사 속의 모든 이름"이 된다. 자연인 니체가 실수($x$축)의 인물이라면, 이 수많은 이름들로 불리는 누군가(니체가 아닌 것이 분명한 누군가)는 허수($y$축)의 인물이다. 그런데 소설 속의 인물이 현실의 작가(+1)를 거쳐 도달한 허수의 인물($i$에 1을 곱한 $i$의 인물)이라고 한다면, 니체가 거명한 수많은 자기 자신들은 실존 인물 니체(+1)와 역사 속에서 죽은 인물들(−1)을 거쳐 도달한 허수의 존재들(−$i$)이다. 거기에는 특별한 시기의 니체도 포함되어 있을 것이다. 이를테면 니체의 마지막 10년은 살지도(그의 정신은 붕괴되었다) 죽지도 않은(그의 육체는 살아 있었다) 상태에 놓여 있었다. 이 시기의 니체야말로 삶과 죽음을 거쳐서 도달한 의아한 세계, 이상한 세계, 낯선 세계, 현실만으로는 설명할 수 없는 $y$축의 세계에 있었던 것이 아닐까?

　이제 이 소설의 우주로 돌아와보자.[5] 이장욱의

---

5) 이 소설은 『현대문학』 2023년 1월호에 '침잠'이라는 제목으로 발표된 바 있다.

소설은 초기작에서 최근작에 이르기까지 실체론적 사고를 중지시키는 독특한 표정을 지니고 있다. 이 소설의 중심인물은 네 명인데, 이들은 실수의 축($x$축)에 배열될 수 있으나, 어떤 변화를 거쳐 허수의 축($y$축)으로 이동한다. 앞의 그림을 염두에 두고 두 번째 그림을 그려보자. $x$축에 배당된 인물들을 대문자 '나(I)'라고 한다면, $y$축에 배당된 인물들을 소문자 '나($i$, 소문자 $i$는 허수를 나타내는 기호이기도 하다)'라고 부를 수도 있을 것이다.

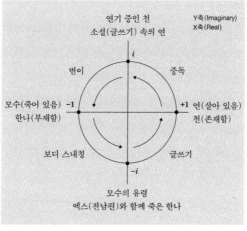

〈도식 2〉

〈도식 2〉를 참고하여 이 우주의 사이클을 이해해보자. 이 소설에서 살아 있는 혹은 현전하는 이(+1)로 등장하는 인물은 '연'과 '천' 두 사람이다(연은 해변여관의 주인이고 천은 이 여관의 장기 투숙객이다). 소설은 '모수'의 장례식을 치르는 '연'과 헤어진 '한나'를 떠올리는 '천'의 장면에서 시작한다. 따라서 처음부터 모수는 죽은 사람으로, 한나는 부재하는 사람(-1)으로 나타난다. 양의 실수에 두 사람, 음의 실수에 두 사람이 배치되어 있다.[6] 이야기가 전개되면서 넷은 허수의 세계로 옮겨 가게 된다.

+1에서 $i$로의 이행(시계 반대 방향으로 90도 딸깍 이동)을 검토해보자. 천은 배우다. 천이 다른 인물을 연기할 때 그는 텅 빈 몸이 된다. "수많은 인물들이 천의 몸을 지나갔다. 자신의 몸이 그 인

---

6) 이 소설의 목차는 (프롤로그인 0과 에필로그인 10을 제외하면) '연'과 '천'이 교대로 등장한다. 이것은 교대로 들이치는 파도의 형상이기도 하다. 그렇다면 '연'이 잇닿아 있다는 뜻의 '連'이라고, '천'이 옮겨 간다는 뜻의 '遷'이라 말할 수 있다. 이 아이디어를 잇대어 '한나'가 실수에 속하는 정수인 '하나(1)'라고, '모수'가 알려지지 않은 (익명의) 수를 뜻하는 '某數'라고 말할 수도 있다.

물들을 받아들이기 위해 존재하는 것 같았고 천은 그게 좋았다."(66쪽) 천의 '연기하기'는 완벽하게 '다른 사람 되기'여서, 메소드 연기와는 다르다. 한 나는 연기 중에 있는 천을 보고 이렇게 생각한다. "이것은 다른 종류의 인간이다. 다른 기억과 낯선 감정을 가진 존재이다. 내가 처음부터 다시 이해하고 적응해야 하는…… 타인이다."(131-132쪽) 천은 천의 몸을 한, 수많은 타인이었던 것이다. 허수의 세계로 이행하는 다른 인물들과 달리 '연'은 처음부터 끝까지 연으로 남아 있다. 그녀는 허수의 인물 되기라는 사이클에서 벗어나 있는 것처럼 보인다. 그런데 소설의 마지막에 이르러, 모수의 유령이 (생전의 모수가 하던 글쓰기를 이어서) 글쓰기를 시작하자 소설의 첫 부분이 그 노트(일기)에서 쓰이기 시작한다. 그렇다면 이 소설은 처음부터 소설 속의 소설인 셈이다. 또한 연 역시 허수의 공간 속에서 사는 인물, 소설 속의 인물이 쓰고 있는 소설 속의 인물이다. 모든 소설의 인물은 가공의 인물이므로 문학의 규약에 포함되어 있어서 그 허구성이 독자에게 의식되지 않으나, 이 소설은 모수

가 죽은 후에 유령이 되어 글쓰기를 계속한 결과
이므로 메타적 장치로서 독자에게 지각된다. 이렇
게 본다면 무대 위에서 연기 중인 천과 글쓰기를
통해 나타난 연은 $y$축에 놓인 인물($i$)이다.[7]

이번에는 $-1$에서 $-i$로의 이행을 검토해보자.
모수는 연과 함께 해변여관을 운영했지만, 얼마
전 세상을 떠났다. 모수는 장례식을 치른 후에도
유령인 채로 연의 곁을 떠나지 않는다. 망자($-1$)
가 허수의 공간에 나타났기에 그의 자리는 $y$축
에 놓여 있다($-i$). 천의 회상 속에 등장하는 한나
는 천의 친구였고 연인이었으며 동거인이었지만
현재는 천과 헤어졌다. 한나는 한때 아나운서였다.
그녀는 아침 뉴스 생방송 중에 방송 사고를 내는
바람에 방송국을 그만두어야 했다. 사직을 권유하
는 아나운서실 실장은 한나의 전남편이다. 한나와

---

7) 허수의 세계에 속한 캐릭터라는 아이디어를 처음 소설에 쓴 사람
은 수학자였던 찰스 러트위지 도지슨으로 소설가로는 루이스 캐럴
로 알려진 바로 그 사람이다. 유명한 '체셔 고양이'는 허수세계(이를
테면 양자세계)의 존재론으로도 읽힐 수 있다. 살아 있지도 죽어 있
지도 않으면서, 동시에 살아 있기도 하고 죽어 있기도 한 유명한 슈
뢰딩거의 양자 고양이 이야기도 빼놓을 수 없을 것이다.

실장은 헤어진 이후에도 원만한 관계를 유지했으나 이 방송 사고로 인해 다시 한번 헤어지게 된다. 한나는 그 후에 천과 동거를 시작했으나 실장이 죽어간다는 사실을 알게 된 후 천을 떠나 실장의 곁을 지킨다. 그 후에 둘의 운명은 텔레비전 뉴스에 짧게 소개된다. "무도에서도 두 구의 시신이 발견되었다고 했다. 이들은 방송사의 전직 아나운서 커플로 침대에서 손을 잡은 채 고요한 모습으로 발견되었다."(142쪽) 천이 한나를 만나고 있을 때, 바로 저 모습으로 죽어 있는 두 사람을 꿈에서 목격한 바 있다. 한나는 부재하는 이의 죽음이라는 형식으로 천의 꿈을 실현하며 $y$축에 놓이게 된다($-i$).

피와 살을 가진 인간, 살아 있는 사람이 나타나는 곳은 +1의 자리다. 부재하는 이, 죽은 자가 위치하는 곳은 -1의 자리다. +1의 인간들이 현실의 영역을 벗어나 소설이나 연극 속의 인간이 될 때 이들은 $i$의 좌표에 놓인다. -1의 존재들이 유령이 되거나 거듭된 죽음을 겪을 때 이들은 $-i$의 자리에 놓인다. 그렇다면 이 축의 변환을 이끌어가는 동력은 무엇인가? 천의 배역에 대한 과몰입(다른 사람 되기)은 소설에서 "중독"(105쪽) 혹은 "침잠" (133쪽)이라고 명명된다. 한나가 방송 중에 저지른 사고(다른 신체 되기) ─ 한나는 속보로 뜬 끔찍한 재난과 대형 사고를 전하며 얼굴근육의 불수의적 경련을 겪는데, 이것이 시청자에게는 웃음으로 보였다 ─ 는 소설에서 "보디 스내칭" 혹은 "입스"(76쪽)로 설명된다.[8] 모든 것을 시시콜콜히 기록하던 모수(한때 공무원이었다)는 죽은 이후에도 "글쓰기"를 멈추지 않는데, 모수가 죽게 된 것, 다시 말해 유령이 된 것, 그리고 한나의 엑스(전남편)인 아나운서 실장이 죽음을 통보받은 것은 "후Hu 변이"(64쪽)라 불리는 불치병 때문이다. 중독(혹은 침잠), 보디 스내칭(혹은 입스), 변이는 천과 한나와 모수의 변환(축의 이동)을 이끌어가는 힘이다. 그런데 연에게는 그러한 변환이 일어나지 않는다. 그것은 연이 처음부터 모수의 '글쓰

---

8) 입스Yips는 강아지가 낑낑 우는 모습을 뜻하는 'Yip'이라는 단어에서 유래한 용어이다. '입스'가 다른 신체 되기 혹은 다른 신체와 만나기를 뜻한다면, 이 역시 변이가 시작되는 티핑 포인트라고 할 수 있다.

기' 속 인물이었기 때문이다. 따라서 '글쓰기'는 연의 변환을 가능하게 한 메타적 성격을 가진 행위이다. 연을 제외한 세 사람에게는 변환이 그들 자신의 문제였지만, 연에게 변환은 타인, 즉 그를 창조한 작가(혹은 모수)의 문제이다.

이 소설의 등장인물들이 이런 변환을 겪는다는 것, 서로가 서로를 생성하고 반영하고 교환한다는 사실은 이 소설에서 끊임없이 암시된다. 인물들은 둘씩 짝을 지어 서로를 대리보충한다. 연인으로, 생사의 이편과 저편으로, 현재와 과거로. 인물들이 포함된 세계도 거대한 변환의 과정에 있다. 이 소설에는 거대한 변환의 과정을 담은 아름답고 미묘한 문장들이 도처에 있다. 그 문장들 속에서 세계는 다음과 같은 이미지로 표현된다. '파도'(10쪽, 30쪽, 50쪽), '바람'(30쪽, 50쪽, 88쪽), '구름'(62쪽, 88쪽, 126쪽), '연기'(62쪽). 그러니까 세계는 끊임없이 생겨나고 변화하고 이동하고 소멸하고 또다시 생겨나는 것이다. 그것은 시간처럼 "고체보다는 액체에 가깝고 액체보다는 기체에"(51쪽) 가까운 것이다. 파동(파도), 유체의 흐름(공기의 이동과 연기의 확산), 프랙털(구름의 모양) 등은 복소수로 기술된다. 따라서 이 소설의 배경을 구성하는 세계는 실수와 결합한 허수로 이루어진 세계이기도 하다.

실수의 세계는 있음(+1)과 없음(−1), 삶과 죽음의 세계이면서 고체에 가까운 세계다. 그러나 허수의 세계는 옮겨 가고 이동하고 변화하는, 그리고 그때마다 미묘하게 달라지는 세계($i$에서 $-i$로, 다시 $-i$에서 $i$로)이다. 즉 액체와 기체에 가까운 세계라 말할 수 있다. 이 소설의 존재들은 이 변환에 몸을 맡긴다. 그들은 보디 스내칭에 사로잡히고 후Hu 변이를 겪는다. 그들은 유령이 되고 타인에 중독된다. 모든 것은 그 변환의 결과다. 모수와 연이 살던 해변여관이 침식을 겪는 것처럼, 모수는 끊임없이 침잠하고 희미해지다가 마침내 유령이 된다. 천은 자신이 겪은 무수한 배역들을 파도와 바람 같다고 느끼는데, 그것은 유령("흐릿하게 생성"된 유령으로서의 모수)의 존재 방식이기도 하다. 한나가 겪은 보디 스내칭(혹은 입스)은 몸 근육의 불수의적인 변형인데, 그렇다면 그것은 후Hu 변이와도 다르지 않은 것이다. 해안선 침식을 전하던 다른 아나운서도 비슷한 일을 겪는다. 따라서 신체의 변이는 파도의 무수한 침식과도 관련이 있다. 이 소설은 티핑 포인트를 지난 세계의 풍경(무더운 유월이라는 이상 기후, 수몰 위기에 처한 섬, 전염병, 전쟁 위기)과 재난의 불확실성을 배경으로 삼고 있다. 등장인물들의 이동(변형)은 서로 다른 "티핑 포인트"에서 시작되었을 뿐, 동일한 순환의 과정을 겪는 것이다. 그러나 그렇다고 해도, 이 모든 변환은 각기 다르다. 같은 파도, 같은 바람이 없듯이 모두가 개별자들로서 각자의 지점에 있기 때문이다. 그리고 그들은 다르다는 점에서 같다. 그들은 개별자들로서 저 실수와 허수의 평면을 같은 방식으로 이동하고 있기 때문이다.

다음의 몇몇 서술은 이 점을 분명하게 보여준다.

1) 천은 자신이 쓴 것을 아나운서처럼 낭독하기도 했고 한나의 유령이 된 듯 묵독을 하기도 했다. 모노드라마의 배우가 되어 읽어보기도 했는데 그 와중에도 창틀은 우우우 그그그, 소리를 냈

다. (33쪽)

2) "다음 구름에서 쉬어 가요."

연의 중얼거림을 따라서 천이 중얼거렸다. 언젠가 자신이 해본 말이라는 생각이 들었다. 원래 그 말을 한 것이 한나였다는 생각은 떠오르지 않았다. (154쪽)

자신이 쓴 대본을 읽고 있는 천은 자기 몸에 찾아드는 아나운서('한나')이자 유령('모수')이자 모노드라마의 배우('천' 자신)였고 조물주(작가)이기도 했다. 모수 역시 그러하다. 모수는 유령이 되기 전에도 세계(파도, 바람)와 구별되지 않는 목소리를 가졌고 그 세계를 촘촘하게 기록해왔다. "다음 구름에서 쉬어 가요"라는 제안은 사막을 여행하던 중 한나가 천에게 건넨 말이다.(126쪽) 이제 그 말을 연이 하고 천이 따라 한다. 모수의 유령인 '나'도 전에 그 말을 했던 것 같다. '다음 구름'은 다음 번 변이 지점, 또 하나의 티핑 포인트다. 그들 모두가 동일한 곳에서 잠시 변환을 멈출 것이다. 따라서 이렇게 결론 낼 수 있다. 이 소설에 등장하는 한 사람 한 사람은 변이의 과정에 있는 모든 사람이 자, 변형되고 생성되는 세계의 각각의 지점이다.

이 소설의 두 축으로 간주한 실수와 허수의 세계를 보여주는 아름다운 우화가 '소설 속의 소설'의 형식으로 들어 있다. 연이 모수에게 해준 이야기다.

"아라비아에 한 마법사가 살았어요. (중략) 마법사는 세상의 시간을 조금씩 흔들 수 있는 술을 갖고 있었어요. (중략) 마법사는 왕에게 술을 주었어요. 세상의 시간과 세상의 진실을 한꺼번에 볼 수 있는 액체를 왕에게. (중략) 술을 마시자 왕은 세상의 시간들을 한꺼번에 볼 수 있었어. 시간의 전모를 한꺼번에. 모든 것을 거느린 거대하고 무한한 모습을. (중략) 그걸 목격하자마자 왕은 슬픔이 가슴속에서 차오르는 것을 느꼈어요. (중략) 왕은 자신이 어떤 경계를 넘어가고 있다는 것을 알았어요. (중략) 왕은 선택해야 했어요. 삶으로 돌아가서 삶을 긍정하고 진실의 일면만을 보

고 살 것인가, 죽음을 택해서 삶을 부정하고 진실
의 온 모습을 볼 것인가." (중략) "왕으로서 지배
할 것인가, 신의 일부가 되어 침묵할 것인가. 그
런 건가요." (50-54쪽)

이 우화의 의미 일부를 이 글의 로직으로 설명
하자면 이렇다. 첫째, 마법의 술은 왕을 실수로 이
루어진 현실($x$축)의 바깥으로, 말하자면 허수의
세계($y$축)로 데려간다. 거기서 왕은 삶(+1)과 죽
음(-1)의 세계를 파노라마를 보듯 한꺼번에 볼 수
있다. 이것은 왕이 그 차원에 속해 있지 않기 때문
에 가능한 일이다. 그러므로 왕으로서는 죽음을
수락할 수밖에 없다. 둘째, 왕이 시간을 지배할 수
있게 된 것은 왕이 다른 차원($y$축)에 속했기 때문
이다. 허수의 차원은 실은 시간의 차원이다. 아인
슈타인의 특수상대성이론에서는 시간과 공간을
'시공간spacetime'이라는 이름으로 통합했다. 수학
자 민코프스키는 다음과 같은 사실을 밝혔다. 만
약 공간을 3차원이 아니라 4차원으로 간주한다면
네 개의 공간좌표들 가운데 하나는 허수로 간주될

수 있으며, "이 허수의 공간 차원은 시간으로 재해석될 수 있다."[9] 허수는 이렇게 공간의 네 번째 차원이자 시간의 차원이 된다. 왕이 시간의 지배자이자 바깥 공간의 거주자가 된다는 것은 이런 의미이다. 셋째, 마법사의 술은 시간을 한 번에 볼 수 있게 해주는데, 이것은 현실의 축 바깥으로 추방된다는 뜻이다. 왕이 삶의 축을 선택하면 이 세계에 내재적인 인물 혹은 소설 속의 등장인물이 되기 때문에 시간의 침식을 받는다. 반면에 죽음을 선택하면 이 세계 너머의 초월적인 인물, 이를테면 작가가 되므로 세계 전체를 개괄할 수 있다. 이렇게 본다면 이 이야기는 작가의 글쓰기에 대한

---

9) 닐 투록, 『우리 안의 우주』, 이강환 옮김, 시공사, 2013, 121쪽. 허수 공간의 시간 차원으로의 변환을 보여주는 구절은 소설에도 있다. "가로수 빛깔이 바뀌는 걸 보고 있으면, 하늘빛이 변하는 걸 보고 있으면, 당신의 얼굴빛이 달라지는 걸 보고 있으면, 시간이란 역시 물질에 가까운가 하고 생각하게 돼요."(31쪽) '시간은 물질이다'라는 명제를 이렇게 풀이할 수 있을 것이다. 시간에 따른 무수한 변화와 변이는 존재자를 $x$축에서 $y$축으로 옮겨놓기도 할 것이다. 그 허수의 축을 시간이라 간주해보자. 이때 시간은 물질적 변화를 야기하는 원인이 된다. 이를 다시 공간으로 옮겨놓으면? 시간은 '역학적인 원인'이라는 점에서 물질의 일종이 된다. 예를 들어 '시간이 지나자 유리창이 깨졌다'에서 '시간이 돌처럼 날아와 유리창을 깼다'로의 전환이 가능해진다는 말이다.

메타적 우화이기도 하다.

에필로그에 이르러, 모수의 유령은 이 소설에서 처음으로 '나'가 되어 모습을 드러낸다. 모수의 유령인 '나'는 모수의 장례를 치른 후에 옥상에 올라와 담배를 피우던 연, 그리고 우연히 같은 시각에 같은 장소에서 담배를 피우던 천과 함께 있다. 이 기이한 장면은 처음 장면을 시점을 달리하여 반복한 것이다. 이를 통해 이 소설이 가진 여러 가지 특성이 드러난다. 첫째, 메타 소설로서의 특성이다. 작가는 작품 속에서 등장하는 유령이다. 이때 소설 속 인칭이란 그 유령들의 거류지[10]라 말할 수 있다. 둘째, 복소평면으로서의 특성이다. 이 세계는 허수와 실수가 공존하는 세계이자, 파동-유령과 입자-인물이 동시에 하나의 존재인 양자적 세계다. 셋째, 최후의 결과가 최초의 원인이 되는 시공간으로서의 특성이다. 이야기는 이야기의 결말

---

10) "소설을 쓰다 보면 1인칭 서술이 시선들의 교차점에 위치하는 것처럼 느껴지는 순간이 있다. 이질적인 시선들이 하나의 지점에서 교차한다기보다는, 교차점이 스스로 시선들의 충돌을 창안하는 것처럼 느껴지기도 한다."(이장욱, 「교차점」, 앞의 책, 63쪽)

에서 시작된다. 그러니까 이야기의 기원은 이야기의 결과다. 넷째, 사유와 연장이 하나인 세계의 일원론적 특성이다. 에필로그에서도 두 번 나오는 바, 이 소설의 인물들은 자주 속으로만 생각한다. 그런데 그 생각은 중얼거림이 되어 다른 인물들에게 전달된다. 사유와 물질은 별개의 영역으로 분리되어 있지 않다. 다섯째, 무한하게 생성하고 순환하는 존재론적 벡터의 특성이다. 이 소설에서는 인간과 비인간이 복소평면 위의 좌표 위에서 순환하고 있다. 이 전이와 변형의 스펙트럼이 강조하는 것은, 이 좌표 위에서 미세하게 흔들리는 화살표가 존재론적 벡터를 뜻한다는 것이다. 지진계의 바늘처럼 민감하고 섬세하게 반응하며 진동하는 저 바늘은, 온전히 종합되지 않는 "무한한 1인칭들의 세계"[11]를 가시화한다. 이것들이 소문자 '나'들이 이루어낸 의아한 세계wonderland의 개략이다. 이장욱의 이상하고 아름다운 우주에 온 것을 환영한다.

11) 이장욱, 「1인칭을 넘어서」, 앞의 책, 62쪽.

# 1

바닷가에 체류하면서 초고를 썼다. 바다가 보이는 방이었고, 바닷가만 보이는 방이었다. 바닷가에는 방파제가 있고 테트라포드가 있고 멀리 크레인이 보였다. 하루의 대부분을 그 풍경을 바라보면서 보냈다. 단지 바라만 보면서 보냈다. 내가 한 것은 바라보고 산책을 하고 생각을 하는 것뿐이었다.

나는 바다를 살지 않았다. 그러므로 바다에 대해 쓸 자격이 내게는 없었다. 그렇다고 느꼈다. 대신 바다를 바라보는 모수와 연에 대해서, 천과 한나에 대해서 썼다. 그것만이 가능했다. 나는 그이들을 생각하고 그이들을 상상하고 그이들을 만나려고 했다.


2


처음에 이 소설의 제목은 '침잠'이었다. 제목을 '침잠'으로 지으니 글을 쓸 때마다 마음이 가라앉았다. 그게 싫어서 아내와 웃고 농담을 하려고 했다. 잘 되지 않았다. 그래도 노력을 하는 것은 무기력한 내가 할 수 있는 유일한 일이니까 또 노력을 했다. 잘되는 척 노력을 하면 정말 잘될 때도 있다는 것을 나는 알고 있었다.

침잠을 영어로 하면 sinking이겠지 했는데, 한편으로는 withdrawal이 맞는 것도 같았다. 이 단어에는 자신의 내부로 침잠한다는 심리적인 의미가 있으니까. withdrawal. 철회, 취소, 기권. 그리고 내면으로의 침잠.

아, 이게 아닌데. 나는 고개를 흔들었다. 얼마간

의 시간이 지난 뒤, 나는 '침잠'이라는 제목 자체를 포기했다. 다른 제목을 떠올렸다. '뜨거운 유월의 바다와 중독자들.' 다소 길고 장황하게 느껴졌지만, 더 길고 장황해도 좋을 것 같았다.

## 3

재난이나 종말이 아니라 '재난 이후' 또는 '종말 이후'에 대해 생각하게 되었다. 연과 천과 모수와 한나와 엑스는 '이후'를 살아가는 사람들이라고 생각하게 되었다. 종말의 '이후'라니 어딘지 말이 안 되는 것 같지만, 확실히 끝과 종말에도 '이후'가 있을 것이다. 삶이 끝난 뒤에도 '이후'가 있고, 세계가 끝난 뒤에도 '이후'가 있을 것이다. 그렇다고 생각한다.

'이후' 역시 또 다른 끝과 종말을 향해 나아가는 것일까? 그런 것에 불과할까? 그럴지도 모른다. 그렇다고 해도 그것 역시 삶인 것은 틀림없겠지. 나는 이것을 비관적인 자세라고 생각하지 않는다.

# 4

무덥고 뜨겁고 견디기 어려운 바다를 바라보는 그이들을 상상했다. 죽음이 흔해져버린 세계에서, 국가가 스스로를 방기한 세계에서, 잔여물들만이 남아 있는 세계에서, 불안과 우울만이 남아 있는 세계에서, 바닷가를 산책하는 그이들을 상상했다. 상상은 힘에 겨웠다. 먼 데 수평선이 허공에 걸려 있고 그 너머에서 파도가 밀려올 것이다. 외롭다거나 우울하다거나 하는 감정이 사치스러울 것이다. 그이들은 햇빛 속에 잠겨 들듯 더 깊은 물 속으로 침잠해갈 것이다. 그곳에서도 무언가가 발견될 것이다. 다시 시작될 것이다. 그것을 기다리고 있다.

뜨거운 유월의 바다와 중독자들

지은이 이장욱
펴낸이 김영정

초판 1쇄 펴낸날 2024년 1월 25일
초판 3쇄 펴낸날 2024년 8월 12일

펴낸곳 (주)현대문학
등록번호 제1-452호
주소 06532 서울시 서초구 신반포로 321(잠원동, 미래엔)
전화 02-2017-0280
팩스 02-516-5433
홈페이지 www.hdmh.co.kr

ⓒ 2024, 이장욱

ISBN 979-11-6790-243-6 04810
　　　978-89-7275-889-1 (세트)

• 책값은 뒤표지에 있습니다.

## 현대문학 핀 시리즈 소설선 ─────────